文春文庫

インフルエンス

近藤史恵

文藝春秋

インフルエンス

単行本　2017年11月　文藝春秋刊

1

その手紙が出版社から転送されてきたのは、寒さが急に厳しくなった十二月の半ばだった。

この時期の小説家は忙しい。年末とお正月にかけて、いろんな業務がストップするため、締め切りがすべて前倒しになる。ただでさえ、仕事の遅いわたしは、いつもあたふたしている。

おまけに年末にはこれまで動かなかった企画が急に動き出したりもする。たぶん、来年に持ち越してはいけないと思う人が増えるのだろう。

だから、その手紙も一読して放置することに決めた。

ただでさえ、手書きで返事を書くのには気合いがいる。知人からの手紙でも放置しがちなのに、知らない人からの、ファンレターでもない一方的な手紙に返事を書く気にはなれない。

本当は読んで、少し腹を立てた。無礼な手紙だと思ったから、捨ててしまってもよかった。それでも捨てずに、未処理書類の山に放り込んだのは、なにかが心に引っかかったからかもしれない。

再び、その手紙を手に取ったのは、年が明けてからだった。未処理書類をチェックし、いらないものをシュレッダーにかけている最中に目についた。シュレッダーにかける前にもう一度読み返した。なぜか心がざわざわとした。

前半に書かれているのは、わたしが四年前に出した本の感想だった。辛口の感想ではないし、ところどころ褒めてはくれているが、どこか空々しい。それでも、細かいところまで読み込んでいることはよくわかった。手書きの字もきれいで読みやすい。

感想は便箋半分ほどで、すぐに話題は変わる。


実は、お手紙を書いたのは、先生がわたしたちの話に興味を持つのではないかと思ったからです。同い年ですし、女同士の関係のことをよく書いてらっしゃいますから。わたしと友達ふたりの、三十年にわたる関係は絶対あなたの興味を引くと思います。

読みながら苦笑した。プロの小説家はしょっちゅうこんなことを言われている。「わたしの人生って小説にすると絶対おもしろいと思うんですよ」とか「ぼくのこれまでを小説にしてくれませんか」とか。

現実に、その人たちの語る「おもしろい人生」が本当におもしろかった例《ため》しはない。波瀾万丈であることを、おもしろいと言っているだけだ。波瀾万丈ですらなく、ただのナルシストであることも多い。

それに、たとえおもしろい題材であろうとも、うまく小説にできるかどうかは作家の資質に大きく左右される。

プロットや題材を考えるのは地図を書くようなものだが、実際に書くのはその地図を片手に知らない夜道をとぼとぼと歩くことに似ている。地図がいくら緻密で、土地が絶景続きであっても楽しめるかどうかはわからない。そして、わたしはどちらかというと、ラフな地図を片手に、あまりドラマティックでない道を歩く方が好きだ。

せっかく、素晴らしい地図だったとしても、わたしが書くことで無駄にしてしまうかもしれない。

だから、こういう話は聞くつもりはない。なのに、少し引っかかったのは「わたしと友達ふたりの関係」というところだ。自分の人生が波瀾万丈だとは言っていない。自分と友達ふたりの関係に、わたしが興味を持つだろうと言っているのだ。

友達同士など、いざこざや問題が起きない方がうまくいくに決まっている。

喧嘩をして、心を割って話すほど関係が深まるなんてわたしは信じていない。適度な距離を保ち、相手を尊重して傷つけないこと。そして一緒にいる時間は楽しく過ごすこと。それがわたしの考える関係が長続きする方法だ。

もちろん、長いつきあいになる友達で、過去に傷つけてしまったことのある人はいる。でも傷つけずにいられるのならその方がよかったはずだ。

そしてわたし自身は、ひどいことを言われたり、された人とは友達関係を続けたいとは思わない。喧嘩はしないが、そっと距離を取る。

さっと読んだときは、読み落としていたが、文末にはこんな一文があった。


実はひとりに、膵臓癌《すいぞうがん》が見つかりました。

彼女が亡くなったあとには、もう話すことはできません。もし間違っていても、彼女は訂正できないからです。

どうか、一時間だけでも時間を取っていただけないでしょうか。


わたしは父を膵臓癌で亡くしている。

だから、その癌が発見しにくいことも、治療が難しいことも知っていた。それと同時にこの手紙の書き手の姿勢に、これまで自分の話を書いてほしいと言った人たちと、違うものも感じた。

彼女に、公正に話したいという気持ちがあるのなら、単なるナルシストとは違う気がした。


以前新聞で、大阪にお住まいだと読みました。

わたしも大阪です。興味を持っていただけましたら、メールや電話などいただけるとうれしく思います。


わたしは少し考え込んだ。

もしかすると、彼女がわたしに手紙を送ろうと思ったのは、わたしが比較的近くに住む同い年の小説家だからかもしれない。

どういうものを書いているかをさっと調べて、そして一冊だけ読んでみて決めたのかもしれない。愛読者というわけではなく、そんなふうに選ばれたのだと考える方が気楽だった。

熱烈な愛読者だと言われると、こちらも期待を裏切ってはいけないような気持ちになる。

わたしは、パソコンの前に座って、メールを書くことにした。

その人はわたしの顔を知っていると言った。

たしかにインターネットで、わたしの名前を検索すれば、顔写真はいくらでも見つかる。決して有名というわけではないのに、因果な商売だ。

できることなら、写真など撮られたくないし、全世界に向けて顔写真を公開するなんて、なるべく避けたいことのはずなのに、それは小説を書くということに当たり前のように付随してくる。

もちろん、強い意志を持って拒めば別だが、取材は本を知ってもらえる貴重なチャンスだからありがたいのも事実だ。

そしてこんなときにも。

＊

待ち合わせをしたのは、ホテルのラウンジだった。

平日の午後にもかかわらず、ラウンジはほぼ満席だった。「待ち合わせです」と従業員に断ってから、中に入る。

女性のひとり客を探しながら奥に進むと、窓際の女性と目が合った。彼女は一瞬、驚いたように目を見開いた。それからわたしに会釈する。

わたしは彼女の前の席に座った。

「はじめまして」

「本当に会ってくださるとは思いませんでした」

目の前の彼女はそう言った。おとがいの尖った小さな顔をした女性だった。座っているから身長まではわからないが、痩せている。

会うこと自体は別にたいしたことではない。普通の人程度に忙しく、普通の人程度に遊ぶ時間もある。ちょうど、単行本の直しを抱えているだけだ。

「でも、ご期待に添えるかどうかわからないですよ。小説の題材にできるかどうかも保証はできないです」

「わかってます。それは話を聞いていただいてからでかまいません」

ウエイターが注文を聞きにきたから、ふたりともコーヒーを頼む。

ふと、ここの勘定はどちらが払うのだろうかと考える。割り勘でいいような気もするが、話を聞かせてもらうのだから、わたしが払うべきかもしれない。

まあ終わってから考えればいい。そもそも、この出会いが和やかに終わる保証などない。

わたしが何度も思い出す風景は、夕陽の当たる団地だ。

箱のような同じ建物が、十棟以上並んでいた。団地の中に公園もあり、幼稚園もあり、スーパーや雑貨屋やクリーニング屋もあった。雑誌や絵本を売っている本屋もあった。すぐ近くには総合病院もあった。

小学生くらいまで、わたし――戸塚友梨《とつかゆり》は一生をこの団地の中で過ごすのだと思っていた。

たぶん、そうしようと思えば、それは決して難しいことではない。中学や高校だって歩いて行ける場所にある。大学はちょっと離れてはいるが、団地から通える場所で選ぶことはできる。

そして、この近くのスーパーかお店などで働けばいいのだ。

わたしの住んでいた地域は、いわゆるニュータウンと呼ばれる場所で、まわりには団地ばかりが建っていた。少し離れた場所には、一戸建てが並ぶ住宅地もあったが、幼稚園や小学校の同級生は、ほとんどが団地の子供たちだった。

今思えば簡単なことだ。一戸建てには、古くからこの地域に住んでいる人たちが多い。

団地はまだできて新しく、引っ越してきた人たちはたいていは若い夫婦だった。同じ年頃の子供たちが自然と集まることになる。

友達は団地の中だけで事足りた。どこの家に遊びに行っても同じ間取りで、家具が少し違うだけだったから、誰がお金持ちだとか、誰が貧乏だとか考えなくて済んだ。お姉ちゃんがいる子はいつもお下がりを着ているとか、あの子はリカちゃんだけでなく、リカちゃんハウスを買ってもらえるのだとか、そういうわずかな差に過ぎなかった。

わたしには、田舎もなかった。

生まれたのはこの団地で、父方の祖父母もすでにいなかった。唯一、母方の祖父母だけが大阪市内に住んでいた。母の妹は若くして亡くなり、父の兄はタイで働いていて、めったに帰ってはこなかった。

夏休みやお正月にどこかに帰省することもなく、大家族が集まるようなこともなかった。小学生になって、お年玉をいくらもらったかという話になったとき、いつもわたしがいちばん少ないのだった。

大人になってから気づいた。たぶん、わたしの人生にはもともと縁というものが欠けていたのだ。孤独になるべくして、孤独に生まれたのだと思った。

そして、その団地にはそんな子供が他にもいたのだ。

日野里子《ひのさとこ》との最初の出会いがいつだったかは覚えていない。

たぶん、団地の遊び場で年の近い子供たちで一緒に遊んでいるときに出会ったのだろう。

物心ついたときにはすでに、「さとこちゃん」はわたしのいちばん仲のいい友達だった。里子はよく、わたしの家に遊びにきた。

幼稚園に上がる前から遊んでいたから、おもちゃを貸す、貸さないで喧嘩をして、大泣きして別れることはしょっちゅうだったのに、次の日になると、また「さとこちゃん」と遊びたくなった。

里子も毎日のようにうちのチャイムを押して、「ゆりちゃんあそぼ」と声を上げるのだ。

当時は牧歌的な時代だった。子供を狙った犯罪が少ないわけではなかったはずなのに、大人たちは、そんなことが自分たちの子供に起こるとは思っていなかったのだろう。子供たちだけで、団地内の公園で遊ぶのは普通のことで、大人が付き添うことなどめったになかった。

里子の家にはあまり遊びに行かなかった。

彼女の家には、同居している祖父がいた。その頃のわたしにとっては、百歳くらいにもなるような老人に見えたのだが、よく考えればそんな年齢のはずはない。せいぜい六十代だったはずだ。

里子の祖父は、わたしの祖父とずいぶん違っていた。

わたしの祖父は、五十代でまだ働いていた。髪には白いものが混じっていたが、山登りが趣味で、休みになると日本中の山に出かけていくのだ。

もちろん、唯一の孫であるわたしのことをべたべたに可愛がってくれていた。誕生日にはデパートに連れて行ってくれてお人形を買ってくれた。

はじめて東京に連れて行ってもらって、上野動物園でパンダを見たのも祖父と一緒だった。

その、わたしが知っている「おじいちゃん」と、里子のおじいちゃんはまるで違う生き物のように見えた。

あまり笑わず、家に行っても話しかけてくることはない。かと思えば、ちょっとしたことでいきなり里子を怒鳴りつける。

外やわたしの家では楽しそうにしている里子が、祖父の前では明らかに萎縮していた。

里子の母親は留守がちで、めったに家にはいなかった。働いていたのかどうかまでは知らない。彼女の家に遊びに行くと、いつも畳の部屋に祖父が座っていた。こっちが、「こんにちは」と言っても仏頂面で返事すらしない日もあった。

だから、里子の家に行くことになっても、わたしはすぐに里子に言った。

「うちで遊ばへん？」

里子はこくりと頷いて、それから一緒にわたしの家に向かった。

里子の家と、わたしの家は違う棟にあり、しかも少し離れていた。自分が住んでいる家を団地の中で見分けることは、団地で生まれ育っていても、少し難しかった。

ひとつ違う角で曲がってしまうと、そこには知らない人が住んでいる。同じ建物なのに、まったく雰囲気や匂いが変わってしまうのだ。一度迷子になってしまうと、不安と恐怖が大波のように押し寄せてくる。

団地はどこまでも続いていて、自分の家にはどうやっても帰り着けないのではないか。そんな気がした。

何度か、泣きながら歩いているところを、親切なおばさんに見つかって、家まで送り届けてもらったことがある。

永久に増殖し、わたしを呑み込んでしまうように感じられた団地は、自分の住む棟の前までできた瞬間に表情を変えた。そこにあるのはいつもと変わらない日常だ。階段の前に置かれた誰かの自転車や、隣のおじさんが世話をしている花壇もいつもと同じだ。

だが、その平穏は信用ならない。いつ豹変して違う顔を見せるかわからないのだ。

ひとりで歩いていると不安な団地も、里子と一緒だと少しだけ心強かった。ふたり一緒だと少しだけ背が伸びて、少しだけ大人になった気がした。

　当時のわたしたちは、まだこの世に生まれてから、四年か五年しか経っていなかったのだけど。


　団地の子供たちは、ほとんどが同じ小学校に入学した。

　幼稚園の友達の中には、受験を経験して、私立小学校に進む子も何人かいた。だが、わたしの母は「子供の頃から受験なんてさせなくてもいいのにねえ」などとのんびり言っていた。

　母もたぶん、団地の中で生きていたのだと思う。

　母が生まれ育った町を訪れたことがある。大阪市内、天王寺よりも少し南にある町は、古い長屋が建ち並ぶ下町だった。

　一軒家と言えば一軒家だが、同じ形をした小さな建物が、間口を揃えてずらっと並んでいた。引き戸の前に置かれた植木鉢や自転車だけが違うところも、少し団地に似ている気がした。

　家の前に床几《しょうぎ》を出して、すててこだけで夕涼みをしている老人などもいて、タイムスリップをしたような気持ちになったことを思い出す。

こういう場所で生まれ育った母には、誰かと競争して、幸福や豊かさを勝ち取るという気持ちは、どこか別世界のものだったのだと思う。

ともかく、わたしと里子は同じ小学校に進んだ。

小学校には団地以外の子供もいたが、それでも「東団地の子供たち」は学校の中で大きなグループを形成していた。東団地の子供たち、南団地の子供たち、そして住宅街の一戸建てやマンションに住む子供たち。

わたしたちは、同級生がどこに住んでいるか、どのグループに所属しているか、すぐに覚えた。そこを知らなければ友達になどなれなかった。

団地に住む子供たちは、一年生から六年生までまとまって登校し、それ以外の子供たちとは違うということを見せつけていた。

里子とは違うクラスになってしまったが相変わらず仲がよかった。学校から帰ると、里子はいつもわたしの家に遊びにきた。

それが大きく変わったのは、わたしたちが小学二年生になったある日のことだった。


その日は日曜日で、わたしの家には祖父がやってきていた。

祖父と里子が会ったのは、はじめてではなかったと思うが、その日、祖父はやけに機嫌がよく、里子に話しかけていた。

　里子も最初は少しはにかんでいたが、次第に祖父に懐きはじめた。

　祖父が顔色を変えたのは、里子のひとことを耳にした時だった。

「友梨ちゃんも、おじいちゃんと一緒に寝るの？」

「おじいちゃんとは寝ないなあ。里子ちゃんはおじいちゃんと一緒に寝てるのか」

「ママが、女の子はおじいちゃんと寝るんだって言ってたよ」

「女の子は？」

「祐介《ゆうすけ》はママと寝てるの。でも、女の子はおじいちゃんと寝るんだって」

　祐介は里子の弟だ。三つ違うから、今は幼稚園に行っている。

　祖父の顔が険しくなった。

「おじいちゃんと同じ部屋で寝てるんだよな。一緒の布団でなく」

「ううん、一緒のお布団だよ」

　その話は、わたしも前に聞いていた。

　団地の間取りは２ＤＫなのだが、片方の部屋に里子の両親と弟が寝て、もう一つの部屋で里子の祖父と里子が同じ布団で寝るのだという。

　なんだか変だなとは子供心に思った。

　わたしは一人っ子だったから、幼稚園くらいからひとりで寝ていた。寂しくなって、両親の布団にもぐり込むことはたまにあったが、小学校に入ってからはひとりで寝る方が好きになっていた。

祖父とは旅行に行っても同じ布団でなど寝たことはない。そう言うと、里子は頑《かたく》なに言い張った。

「女の子はおじいちゃんと寝ないといけないんだよ」と。

里子はおじいちゃんと一緒に暮らしていて、わたしは別々だから違うのだというと、里子はやっと納得してくれた。

だが、その日、里子はわたしの祖父に何度も言った。

「女の子はおじいちゃんと寝るんだよ。そうでしょ」

祖父の表情はだんだん固くなった。そのうち、ぷいと席を立って台所に行ってしまった。

里子は夕方になると帰ったが、なぜかその日祖父が遅くまで家にいた。

母と長く話し、その後、ゴルフから帰ってきた父とも長い時間話していた。ときどき、祖父が声を荒らげて、母が強く反論するのが聞こえた。

なにを言い争っているのかはわからなかったが、母がときどき、「他人が口を出すようなことやない」「もし間違ってたら、どうやって謝ればいいの」と言っているのが聞こえた。

「里子ちゃんのおじいちゃんはよく会うけど、穏やかそうでそんなことをするような人と違うと思うわ」

祖父がなにに怒っているのかはわからないが、里子の祖父に関する話のようだった。

その日、わたしは早めに布団に追いやられた。すぐに眠ることはできず、隣の部屋から聞こえてくる話に耳をそばだてていた。

言い争いは夜十一時まで続いた。団地と祖父の家とはバスと電車を乗り継いで、一時間ほどの距離だ。さすがに、この狭い部屋に泊まっていく気はないようで、祖父はようやく腰を上げた。

「まあ、言いにくいのはわかった。だが、あの子と友梨を遊ばせるのはやめなさい。友梨に悪い影響があったらどうする」

一瞬、息が詰まった。里子ちゃんと遊べなくなる。そう考えただけでどうしようもなく悲しくなった。母が頷いていたら、声を上げて泣いていただろう。

「そんなんでけへんわ。友梨は里子ちゃんのことが好きなんよ」

「だからといって……」

「あの子の家には行かせへんようにするわ。遊ぶときはうちで遊ばせる。それでええでしょ」

祖父は小さくためいきをついた。

「仕方ないな」

母は里子と遊ぶなとは言わなかった。

だが、その日のことは確実に、わたしと里子との間に影を落とした。母は「里子ちゃんと遊ぶ」というと、あまりいい顔をしなかったし、家にきても前のように歓迎する様子は見せなかった。たぶん、それは里子にも伝わったのだろう。

子供だからといって、なにもわかっていないわけではないのだ。

自分が祖父と同じ布団で寝ていると言ったことで、わたしの祖父の顔色が変わったことにも、里子は気づいていたのだろうと思う。

当時のわたしは、なぜ祖父が顔色を変えたのかも、里子と遊ばせるなと言ったのかもわからなかった。ほんのりとわかったのは、里子が祖父と同じ布団で寝ていることが原因だということだけだ。

わたしの祖父がなにに驚き、恐れたのかを理解するには、そこからまだ長い時間が必要だった。

わたしと里子がふたりで遊ぶ回数は少しずつ減っていった。それでも、友達でなくなったわけではない。団地の子供たちとはみんなで遊んでいたから、里子のことはずっと友達だと思っていた。無視しあったり、喧嘩したことなどない。

少しずつ、距離ができていたことには気づいていて、それをどうすれば縮められるかということはいつも考えていた。

うちに遊びに呼べば、母があまりいい顔をせず、里子が傷つく。里子の家に行ってはいけないと言われているし、わたしも積極的に行きたくはない。外で遊べば、ふたりきりにはなれない。だいたい、団地の公園には子供たちがいて、いつの間にか大勢で遊ぶことになっている。

小学四年生になったとき、里子と同じクラスになった。

廊下で、里子は壁に貼られたクラス分けの紙をじっと見つめていた。

わたしは彼女に駆け寄った。純粋に、同じクラスになれたのがうれしかったのだ。

「里子ちゃん、一年間同じクラスやよ」

そう言うと、里子は振り返った。彼女は笑ってはいなかった。唇を横に引き結んで、わたしの顔を見つめた。

「里子、ちゃん……？」

次の瞬間、彼女は笑顔を作った。普段、団地の友達と遊ぶとき、見せているいつもの笑顔。無表情から笑顔への変化があまりにも一瞬で、わたしは同じように笑うことはできなかった。

「ほんまやね。うれしい。一年間仲良くしよな」

だが、それだけ言うと、彼女はわたしの横を駆け抜けていった。そのとき、わたしは気づいたのだ。

この二年間で、彼女は変わってしまったのだと。


新学期がはじまると、里子はさっさとクラスで友達を作ってしまった。

しかも、明るくて運動神経のいい、クラス一の人気者の女子と仲良くなり、彼女の親友の座に収まった。わたしとも話はするが、休憩時間になると、いつも親友のところに駆けていく。

わたしは運動神経が鈍く、何事にものろまだったので、人気者たちのグループになど入れなかった。同じように、いささかのんびりとした女子たちと一緒に過ごした。決して居心地が悪いわけではなかった。

わたしたちと同じ東団地の子もいたし、南団地の子も、そして団地以外の子もいた。小学校一、二年生くらいまでは団地の子とばかり一緒にいたが、次第に性格や話が合う方が重要になってくる。

わたしはマンガが好きだったし、同じグループの女の子たちとはマンガの話ばかりをしていた。

少し離れて見てみると、里子は快活で可愛らしい女の子だった。色が抜けるように白くて、首が細くて長い。いつもショートカットにしているのも似合っていた。いつもよく笑っていた。

そして、その頃になると、わたしも自分が可愛いわけではないことに気づきはじめていた。

小さい頃は「可愛い、可愛い」と何度も言ってくれていた祖父も、この頃になるとわたしの容姿には言及しなくなっていた。だからといって、可愛がられなくなったわけではないし、祖父はいつでもわたしに甘かったが、それでもその変化に気づかないほど鈍感ではない。

父も、ときどき、「友梨は美人じゃないんだから勉強を頑張らないとな」と口にするようになっていて、わたしはそのたび傷ついた。

成績は悪くなかったが、そんなことよりも美人に生まれる方がこの世界ではずっと生きやすいはずだ。それに成績が悪くなかったと言っても、なんとなくクラスで上の方にいるというだけで、一番になれるわけではない。

里子の親友は、運動神経がいい上に、成績もわたしよりもよかった。世の中は不公平だ。

だが、不公平でも、世界はまだわたしにそれほど厳しかったわけではなかった。小学校では陰湿ないじめはなかったし、わたしの居場所はあった。団地に帰れば、みんながわたしのことを知っていて、声をかけてくれた。

ただ、里子が少しずつ、遠ざかっていくことが悲しかった。


五月だっただろうか。ひどく風の強い日だった。

いつものように集団下校をして団地に着いたとき、里子がわたしに駆け寄ってきた。

「友梨ちゃん、遊ぼう」

ひさしぶりのことだった。わたしは大きく頷いた。

「うん！」

だが、すぐに気づく。うちには母がいる。里子の家には行きたくない。悩む間もなく、里子はわたしの手首をつかんで駆けだした。

団地の階段を上がっていく。

「どこに行くの？」

「いちばん上まで。太陽の近くまで」

団地は七階建てだった。最上階まで上がったって、太陽は遠い。それでも、わたしたちはランドセルを背負ったまま、七階まで上がって、その階段に腰を下ろした。

七階では、風は下よりももっと強く、髪やスカートが風で舞い上がった。それでも、最上階から見下ろす景色に、わたしは少し高ぶっていた。

わたしの家は二階で、里子の家は四階だった。七階まで上るなんて、めったにないことだ。わたしたちは、階段に並んで座って、音楽の授業で習った「翼をください」を歌った。

里子はキーが高く、わたしは裏声でなければ彼女と合わせられなかった。かなしみのない、自由な空へ。

それでも彼女とひさしぶりにふたりきりでいられることがうれしかった。

つばさ、はためかせ、ゆきたい。

歌い終わると、里子は口を閉ざした。彼女の表情からいつのまにか明るさが消えていた。学校では絶対に見せない顔だった。

「どうしたの？　里子ちゃん」

「あのね。友梨ちゃん。わたしとおじいちゃんが一緒に寝てるってこと、誰かに言った？」

一瞬、わたしは身体を強《こわ》ばらせた。それが触れてはいけないことだということは、わたしもなんとなく感づいていた。ようやく言う。

「言ってないよ……」

「友梨ちゃんのおじいちゃんは、誰かに言ったと思う?」

里子は、わたしの祖父に話したことも覚えているのだ。

「言ってないよ……きっと」

断言はできない。だが、祖父はもうそのことを口に出さない。忘れてしまったのではないかと思う。最近、祖父は物忘れがひどくなった。

里子は、ランドセルを抱えたまま立ち上がった。

そしてわたしの耳元で言った。

「もし、誰かに言ったら、殺すから」


しばらく呼吸ができなかった。

里子は、言い終わると階段を駆け下りていった。妙に軽い足音だけが遠ざかっていく。

涙など出なかった。

殺す、と言われたことがなかったわけではない。意地の悪い、やんちゃな男子が「殺すぞ」と言い合っているところをしょっちゅう見ていたし、ドッジボール大会で早々にボールを当てられてしまったとき、優勝を目指していた男子から、「殺すぞ」と言われた。

だが、里子の口から出たことばは、もっとずっと重くて、ちゃんと形を持っていた。遊びのように投げつけられた、意味のないことばではなかった。

悲しいのは、里子からそう言われたからだけではない。

里子がそう言うしかなかった世界に、わたしもたしかに荷担《かたん》していた。距離を取ったくせに、友達のつもりだった。同じクラスになれば、喜んだ顔をして、遊ぼうと言われると、尻尾を振ってついてきた。

里子がなにに傷ついて、わたしにそう言ったのかは、まだそのときははっきりと理解していなかったのだけど、それでもわたしは気づいていたのだ。

自分が無罪などではないことを。

たぶん、「殺すから」と言われたときよりも、「祖父と同じ布団で寝ている」ことが、なにを意味するか気づいたときの方が、怖かった。

小学五年生になったとき、クラスで女子だけが集められ、性教育のスライドを見せられた。

わたしたちの学校の生徒たちは、おおむね奥手で、純朴だった。多少不良めいた子はいたけれども、それでもみんなのほほんと育っていた。

身体の仕組みも、どうやって妊娠するかも知ったのはそのときだった。ただ、性教育のスライドは、なにもかも曖昧で、その「性」が、道端に落ちている大人向けのマンガや、電車の中で男性が読んでいるスポーツ新聞の肌もあらわな女性たちとは、つながらなかった。書店で立ち読みをしているとき、わたしの身体を触ってきた男の手や、ズボンの中から陰茎を出して見せつけた男とも、まったくつながらなかった。もしかしたら、なにか関係があるのかもしれない、とは思ったがそれだけだった。

ただ、わたしたちにはぴんとくるものがあった。

友達と回し読みしていたマンガには、性の香りがするものがたくさんあった。『あさきゆめみし』で源氏と女たちが夜を過ごすということ。『ベルサイユのばら』でもオスカルとアンドレが結ばれていた。『生徒諸君!』ではレイプされる女の子が出てきた。

性教育とマンガの間を埋めるものはまだ見つからなかったけれど、わたしたちは曖昧にぼんやりと理解した。

性は子供を作るのに必要なことで、人と人とが愛し合うことで、そしてときどき暴力的なこともあるのだと。

それは、性教育のスライドから、半年ほど経ったときのことだった。

わたしは、図書館でひとり本を選んでいた。マンガも好きだが、小説も好きになった。

特にアルセーヌ・ルパンやシャーロック・ホームズなどの翻案ものをよく選んで読んだ。乱歩の怪人二十面相も、どこか淫猥《いんわい》な大人の空気が感じられて好きだった。

たぶん、それはなにかの間違いだったのだろう。

子供の本に紛れるようにして、一冊の小説があった。一見児童書と間違えても不思議はなかった。パステルカラーの少女のイラストが表紙で、広げると字が大きく、漢字にはルビが振ってあった。

わたしはそれを借りて帰った。

家に帰って自室でそれを読んだ。読みながら、少しおかしい気がした。物語の中で、王子様は無残に首をはねられた。お姫様は犯されていた。「犯される」ということばの意味はよくわからなかったが、それでもそれが、なにか性に関することばであることは感じ取った。無理矢理、暴力的に性に関わらされる。それが犯されるということなのだということはわかった。

たぶん、それは童話を模した大人向けの短編集だったのだろう。驚いたが、実を言うとわくわくした。残酷で、エロティックで、子供が読んではいけないものだとわかったからこそ、魅力的だった。

読み進めるうちに、ある短編に出会った。

赤ずきんちゃんのパロディだった。赤ずきんちゃんは、おじいさんのお見舞いに出かけて、森で狼に会う。賢い赤ずきんちゃんは狼の誘いには乗らない。花も摘まず、まっすぐにおじいさんの家に向かう。

だが、病気のおじいさんは、赤ずきんちゃんがくると、カーテンを引いて、明かりを消し、誰も入ってこないように部屋の鍵を閉めてしまう。


赤ずきんちゃんは気づきません。だって、おじいさんは、やさしい赤ずきんちゃんのおじいさんだからです。

おじいさんは、赤ずきんちゃんを膝に抱いて、からだを触りました。

「おじいさんは、どうしてわたしのおっぱいをさわるの？」

「それは赤ずきんちゃんがとってもかわいいからだよ」

「おじいさんは、どうしてわたしのスカートをめくるの？」

「それは赤ずきんちゃんをとても大事にしているからだよ」

「おじいさんは、どうしてわたしの下着を脱がすの？」

「それは赤ずきんちゃんを愛しているからだよ」


あわれ、赤ずきんちゃんは、おじいさんに食べられてしまいました。

本が、わたしの手から滑り落ちた。

突然、なにもかもがつながった。

マンガの中で描かれる儚《はかな》げで切ない性と、風呂場で見た父のものとはまったく違う、露出狂が見せる陰茎と、なぜ、祖父があんなに動揺したのかということと、そして、里子が言ったことば。

誰かに言ったら、殺すから。

悲鳴を上げたかった。知らなかったからと言って許せるようなことではない。

その瞬間から、わたしは祖父も父も母も憎んだ。

あの人たちは里子を見殺しにしたのだ。里子が食べられていることがわかったのに、見て見ぬふりをしたのだ。

そして、その罪でわたしの手も汚れているのだ。


大人になってから考えれば、両親や祖父にも同情すべき点はあったし、もし、わたしが両親の立場でも、里子を助けられたかどうかはわからない。

当時はまだ、児童虐待ということば自体が一般的だったとは思えないし、そう親しいわけでもない家を訪ねて、「あなたの家ではおじいさんと孫娘をひとつの布団で寝かせてるのですか」と聞くのも簡単なことではない。

なんでもなかったときには、里子の家族は激怒するだろうし、もし図星でも隠蔽しようとして激怒するだろう。

里子を問い詰めたって、七歳かそこらの女の子のことばが信用されるかどうかは疑問だ。

なにごともないのだ、と自分に言い聞かせて、忘れてしまうのがいちばん簡単なことはわたしにもわかる。

でも、思うのだ。せめて、もう少しなにかができたのではないか。里子の心を殺さずに済んだのではないかと。

わたしと里子は、あの七階での出来事からほとんど口を利かなくなった。

まわりの人から不審に思われそうなときだけ、話をして、それ以外は目も合わせることはなくなった。

そこから三年が経ち、わたしたちは近くの中学に進学した。

団地の子たちも、やはりほとんどは同じ公立中学に進んだ。私立中学を受験するという子も少しはいたが、クラスにひとりかふたりだった。

里子の親友になった快活な人気者も、私立中学を受験するという話だった。わたしたちはまだ幼く、私立に行くということが、家が裕福であるとか教育に力を入れているということだとは気づいていなかった。単に変わり者なのだと思っていた。

そして、その頃、団地に同い年の少女がひとり、引っ越してきた。

彼女の名は、坂崎真帆《さかざきまほ》と言った。背が高く、痩せていて、いつもどこか遠い目をしていた。

バレエを習っていたと言っていて、背筋がぴんと伸びていた。

ちょうど、中学に入学するタイミングで引っ越してきたので、転校生というわけではなかったが、ほとんどが同じ小学校から進学する中で、彼女だけがまるで違う空気をまとっていた。

誰もが、彼女と友達になりたいと願った。目を見張るほどの美人というよりも、人を寄せ付けないような気品があって、わたしも一目で彼女に魅了されてしまった。

小学校と違い、中学校では集団登校などしない。同じクラスにならなければ、仲良くなるのは難しい。真帆とはクラスが別だったから、話をするチャンスもない。

その感情は、どこか恋に似ていた。小学生の時、わたしは幼い初恋をして、クラスの男の子に憧れていたのだが、今ではもう彼の名前も思い出せない。

真帆に抱いた感情の方がよっぽど鮮やかによみがえってくる。

真帆と友達になりたかった。だが、友達に、しかもいちばん仲のいい友達になれるとは思っていなかった。

真帆とはじめて口を利いたのは、中一の初夏、団地の中にある小さな本屋でだった。わたしはマンガの新刊を夢中になって立ち読みしていた。本当は駄目なことは知っていた。だが、お小遣いをすべて使っても、読みたいマンガは全部読めない。立ち読みするしかないのだ。

本屋のおばちゃんとも、すっかり顔見知りになっているから、見逃してもらっているようなものだった。

気がつけば、真帆が後ろに立っていた。

「それ、買わないの？」

ぱきっとした標準語でそう尋ねられて、わたしはあわてた。その書店には、その新刊は一冊しか入っていなかった。

「買わない……です」

そう言って新刊を真帆に渡した。真帆はまっすぐそれをレジに持っていった。

レジで会計をしたあと、真帆はカバーを掛けてもらったコミックを手に、わたしのところに戻ってきた。

「わたし、読むの早いけど、終わったら貸そうか？」

「えっ？」

また驚いてしまった。

「えーと……」

「読みたくないの？」

怒ったように尋ねられて、やっと答える。

「読みたい……」

「じゃあ、ちょっと待ってて。そこのベンチで読むから」

なぜか、わたしと真帆はふたりで、団地の中にある公園のベンチに移動していた。

「三組の戸塚さんでしょ。知ってるよ」

自己紹介しようとすると、真帆はさらっと言った。

「なんで知ってるの？」

「だって、同じ中学で同じ団地なのに」

言われてみればそうなのだが、わたしはなぜか、真帆が自分になど興味を持っていないと思っていた。

わたしはベンチに座って、真帆がマンガを読み終えるのを待った。

よく考えれば、また今度貸してと言えばよかったのだが、それよりも真帆と一緒にいられることの方がうれしかった。

真帆は本当に読むのが早かった。二十分ほどでさっと読んでしまい、「はい」とわたしに渡してくれた。

そして、わたしもその場でマンガを読んだ。真帆は帰らずに、隣に座っていた。なんだか、お尻がふわふわと浮いているようで、マンガの内容は全然頭に入ってこなかった。読みながら、真帆が「そこ笑った」とか言ってくれるから、そのたびに少し我に返った。

ふいに、誰かに見られている気がして、顔を上げた。

公園の反対側に里子が立っていた。里子はわたしと目が合うと、ぷいと顔を背けて歩き去った。

真帆が言った。

「あの子、誰?」

「五組の日野さん」

「ふうん……この団地に住んでいるの?」

わたしは頷いた。なぜか胸騒ぎがした。

まだこのときは、わたしたちが搦《から》め捕られていくものの正体は、わたしには見えなかったのだ。

2

子供の頃は、いつも少し先を夢みた。

中学生になったら、高校生になったら。大学生になったら。そこまでは想像できた。マンガや小説で学生生活を描いたものはたくさんある。

だが、そこから先、自分がどうなるかなんて想像はできなかった。

結婚して、誰かの妻になり、母親になる。たぶん、そうなるのではないかと考えはしたけれど、わたしにとってそれは現実味もなく、心躍る夢でもなかった。

幼稚園の時、「自分が大人になったら」という題材で絵を描かされた。

アイドル歌手になるという絵を描く子、魔法使いになるという絵を描く子、いちばん多くの女の子が描いたのは「お姫様」だった。

誰もお姫様にはなれない。魔法使いにもなれない。アイドル歌手にもほとんどの子はなれなかっただろう。

そしてわたしは、母になることすらできなかった。

わたしがなにになるかを知ったら、幼稚園のわたしはどう思ったのだろう。それを想像して気づく。

未来など、いいものであれ悪いものであれ、思い通りにならないもので、それならば曖昧な方がいいのだ。


同じ小学校から進んだ生徒がほとんどだったのに、中学校の空気は、小学校とまるで違った。それまで穏やかな海を進んでいた船が、いきなり、舵取りを失ったようなものだった。

まるで暴風雨のように思えた。どうやっても逃れられない。ひとつ間違えば、死ぬかもしれない。

大人になって考えれば、避けるか防ぐ道はいくらでもあったかのように思えるのに、その頃は誰もわたしたちを救おうとはしてくれなかった。

わたしの拭いがたい大人への不信感は、里子に対する両親や祖父の反応と、そしてこの中学校の三年間で決定的に植え付けられた。

誰もわたしたちを助けてはくれない。

わたしはいい。わたしは生き延びることができた。逃げ出してしまえば、中学校そのものはわたしを追ってこない。わたしを追ってきたのは別のもので、それは中学が荒れていたことと関係はない。

だが、わたしは生き延びることのできなかった友達のことをずっと忘れられないでいる。それは、またひとつわたしが罪に荷担したことの証明だ。

中学のクラスでも、わたしは目立たず、友達の少ない生徒だった。

里子が、美しくて明るい友達を何人も作り、クラスの中心にいたのとは対照的に、わたしは数人の地味な友達とばかり一緒にいた。

小学校では特殊学級に分かれていた障害を持つ生徒たちも、同じクラスで過ごすようになった。授業の時だけは別の教室に分かれることもあったが、ホームルームや休み時間は一緒だった。彼や彼女たちは、残酷な子供たちによって、おもちゃのように扱われ、あざ笑われていた。

わたしとわたしのグループの子たちが、彼らの面倒を見たり、一緒に過ごすようになったのは優しさゆえではない。アリサの存在があったからだ。

前島《まえじま》アリサ。小柄で人懐っこい少女だった。中学生にしては子供っぽく、すぐに腕を組んできたり、手をつないでくるところも可愛らしかった。

彼女には言語障害があった。明瞭に話すことができず、何度もつかえ、言い直した。今思えば、発達障害などもあったのだろう。自分が思うように話せないことに癇癪《かんしゃく》を起こして暴れたりした。

それでもわたしはアリサが好きになった。ぎこちなく話しながらも、ことばで足りないものを埋めるように触れてくる手に、アリサの信頼を感じた。

そして、アリサは同じクラスにいたダウン症の少女、皆上理菜子《みなかみりなこ》の面倒をよく見てあげていた。

自然とわたしたちのグループの女の子たちは、アリサと理菜子のふたりと行動を共にすることになった。

理菜子のことはよくわからなかった。なにか話しかけてもぼんやりとした返事しかしなかったし、ボールのように太っていて、いつも少し饐《す》えた匂いがした。わたしにとって、理菜子はアリサについてくる、少しやっかいなおまけだった。

ただ、言葉にはできないまでも、わたしは理解していた。理菜子をやっかいなもののように扱うことは、アリサのことも傷つけることなのだと。

同級生たちの一部は、理菜子とアリサを、「自分たちとまったく違う人たち」と位置づけて、笑ったり、無視したりしていた。男子の一部は、消しゴムをぶつけ、彼女たちの鞄を窓から捨てた。上靴をゴミ箱に放り込んだ。

彼らは、自分たちと、アリサたちの間に線を引いている。そして、わたしはアリサと理菜子の間に線を引いている。その線の存在がアリサを傷つける。だから、わたしはその線を隠すことにした。

大人になった今でも、わたしはその線を引いてしまうことをやめられないでいる。なにかとなにかの間に線を引き、そしてときどき、最近ではそう珍しくもなく、自分を線の外側に置いてまで、線を引く。わたしはあの人たちとは違って、価値のないものだと考える。手の届かない美しいものと自分を切り分ける。そうすることで世界の無慈悲さを呑み込んでいる。

一緒に行動していくうちに、理菜子にも可愛らしいところがあることはわかってきた。冗談が気に入れば、声を上げて笑って、何度もその冗談を言うようにわたしにせがんだ。わたしにはきょうだいがいなかったから、年の離れた妹の面倒を見ているような気がした。頼られることは、悪い気分ではなかった。

中学一年生のとき、わたしが学校で長い時間を過ごしたのは、アリサと理菜子、そして友美《ともみ》と直子《なおこ》の四人だった。

友美は大人しいのによく喋る子で、ノートに長い自作の小説を書いていた。直子はわたしたちのグループの中では珍しく明るくて、クラスの人気者たちにも気に入られていた。いつだって抜けることができたはずなのに、なぜ、直子がわたしたちとずっと一緒にいるのかはよくわからなかった。たぶん彼女は優しかったのだと思う。

友美とアリサは南団地に住んでいた。直子と理菜子は住宅地に自宅があり、東団地の住人はグループの中でわたしだけだった。

わたしは運動神経の鈍さのせいもあって、一部の子たちからは完全にやっかいもののように扱われていた。体育の授業で、ハンドボールなりバレーボールをするとき、わたしと同じチームになると、あからさまに舌打ちをしたり、悔しがったりする子もいた。

そういう意味では、頂点にいる人たちにとっては、わたしもアリサや理菜子と変わらない存在だったのかもしれない。

正直、自分がどんなふうに感じていたのか、ときどき思い出せなくなる。

悔しかったような気もするが、どうでもいいと思ったような気もする。

たしかなのは、さらさらとした髪の美しかったり、快活だったりする少女たちの冷たい視線よりも、そっと握ってくるアリサの手だとか、友美のおもしろい話だとか、直子の優しさの方が、わたしにとってはずっと重要だったということだ。

そして、坂崎真帆の存在も大きかった。

真帆とわたしは、急速に仲良くなった。一緒に待ち合わせて学校に行った。放課後はお互いの家に遊びに行った。

真帆の家が母子家庭だということも、一緒に遊ぶようになってから知った。

東京で生まれたが両親が離婚して、母親が祖母と一緒に暮らすため、母の故郷である大阪に帰ってきたのだ、という。

真帆はわたしなどよりずっとたくさんお小遣いをもらっていた。離婚した父親がくれるのだと言っていた。

うちの母がときどき、「真帆ちゃんの家は慰謝料と養育費をたくさんもらっているから」などと言っていたから、団地の中でも噂になっていたのだろう。

だが、わたしは真帆がそれほど幸せそうには見えなかった。

彼女はよく言った。

「前住んでいた家は、二階にわたしの部屋があったの。でも今の部屋は襖《ふすま》一枚でキッチンだから、息が詰まる」

2DKの間取り。わたしは産まれたときから、その息の詰まる同じ間取りで生活していた。わたしは一人っ子だったから、個室が与えられた。だが、同じ団地に住む兄弟姉妹のいる子供たちは、ふたりや三人で一部屋をつかっていた。ひとりで一部屋使えるわたしや真帆は充分過ぎるほど贅沢だ。

わたしの家では、父も母も個室など持っていない。

真帆が昔、住んでいたのはどんな家だったのだろう。ドラマやマンガの中にあるような、リビングにソファがあり、花瓶に花が生けてあるような家だろうか。テーブルにレースのクロスが敷いてあり、ソファにはゴブラン織りのクッションがあるのだろうか。

そのイメージを話すと、真帆は笑った。

「ピアノもあったし、オーディオセットもあったよ」

「ピアノ習ってたの？」

「うん、でも、あんまり好きじゃなかったからもういい。でもバレエをやめなきゃならないのは悲しかったな……」

真帆に悪気がないことはわかっていた。だが、真帆にとって、この団地での生活は我慢を強いられるものなのだ。

真帆はわたしの人生にはじめて、外の視点を持ち込んだ。団地に生まれ、団地で育ち、団地の友達とばかり遊んでいたわたしに。

世界にはもっと優雅で、素敵な生活や家がある。マンガやドラマで見るような生活をしている人がいる。いつか、自分がそういう家に住めるかもしれない。勉強して、お金を稼げる職業について、自分の広い家が持てるかもしれない。そう思った。

卑屈に感じることがなかったのは、いまだ、自分の生活が普通で、真帆が特別なのだと感じていられたからかもしれない。

真帆が友達でいてくれる喜びの方が大きかったのかもしれない。真帆は決して意地悪ではなかったし、わたしを馬鹿にしたりもしなかった。

マンガを貸し借りし、感想を話し合った。なにより、真帆とだけ通じることばがあった。

マンガの登場人物の未来を想像して、それを話し合うのだ。わたしのイメージを真帆が広げ、その真帆のイメージをわたしが広げていく。

このマンガと、あのマンガのキャラクターが出会ったらどうなるだろうと考える。どんな会話をするかをお互い、キャラクターになりきって話す。人形のない人形遊びみたいで、何時間でも続けられた。

続きは、お互い、家に帰ってから交換日記に書いた。勉強をしているような顔で机に向かい、ノートに何ページも書き続けた。

少なくとも、中学一年生のとき、わたしはまだ不幸ではなかった。

中学は荒れ始めていたが、まだどこか他人事《ひとごと》のように眺めていられた。陰で笑われたり、体育の授業の時、嫌な思いをすることはあっても、そのくらいなら耐えられた。

遠くの方に、暗い空が見えるだけでは、それが暴風雨になるかどうかはわからないものなのだ。

少しずつ、学校に暴力と狂気が忍び込みはじめていた。

最初に狂いはじめたのは男子たちだった。教室の後ろで、集まって煙草を吸いはじめた。吸い殻を入れたコーラの空き缶などが、当たり前のようにゴミ箱に捨てられた。掃除当番をきちんとする子は、少しずつ減っていった。万引きをした話だとか、別の中学の生徒から、千円を巻き上げた話などが、声高に語られはじめた。

小学生の時は、少しやんちゃなだけで、悪意など持っていなかったように見えた男の子たちが、まるで身体の中の凶暴な衝動をもてあますように暴れはじめた。

教室の窓ガラスが割られた。喧嘩をして、階段から突き落とされ、骨折したクラスメイトもいた。

叱る教師もいたが、他人事のようにふるまう教師も多かった。

昼休みの後、煙草の匂いが充満した教室に入ってきたのに、表情も変えずに窓を開けて換気し、授業をはじめるのだ。

いちばんタチが悪いと言われているのが、五組——里子と同じクラスの男子たちだった。

三年生に負けないくらい背の高い男子がいた。細尾《ほそお》というその少年は、授業の最中でもぷいと外に出て煙草を吸ったり、先生をあからさまに無視したりするのだと聞いた。

彼とその仲間が集まっていれば、みんな避けて通る。教師もだ。誰も彼らに注意をしない。体育館の窓ガラスを割り、廊下の壁に蹴りを入れて穴を開けた。難癖をつけられて、殴られた生徒たちもたくさんいた。

私立中学に通っていた知り合いに聞かれたことがある。

「ねえ、南九中って悪いんでしょ」

そう聞かれても返事はできない。わたしは、南九中しか知らないのだ。

でも、どこもこんなものではないだろうか。マンガの中に出てくる不良少年たちは、同じように煙草を吸い、喧嘩をしていた。先生も注意しないから、これが普通なのではないか。

だが、わたしはその頃から、勉強に身を入れるようになっていた。

不良少年たちは、皆、あまり成績がよくない。公立高校の中でも、成績上位の高校に行けば、彼らと別れられる。

わたしはどこかで気づいていた。彼らの逸脱は、不良とかそういう言葉で言い表せない、狂気に近いものなのだと。

逃れなければならない。彼らから距離を取らなければ、きっと恐ろしいことが起こる、と。同じように感じていた生徒は、男子にも女子にもいたはずだ。

気づいていないのは教師たちだけだった。

それは、一年の三学期、一月のことだった。

昼休み、わたしは交換日記を真帆に渡すため、真帆のクラスに向かった。朝、真帆から渡された交換日記があまりにおもしろく、わたしは自習時間を使って、長い返事を書いた。

早く真帆に読ませたかった。お弁当をさっさと食べ、友美や直子やアリサたちを置いて、出てきたのだ。

引き戸を開けて、真帆のクラスをのぞく。男子も女子も、仲のいいもの同士、机をくっつけてお弁当を食べていた。

真帆はどこにいるのだろう。わたしは顔を動かして教室内を見回した。

真帆は窓際の席にいた。たったひとりで、ぽつんと箸を動かしていた。

息を呑んだ。なぜ、そんなことになっているのかがわからなかった。

クラスの中で、多くの人に馬鹿にされているわたしにすら、一緒にお弁当を食べてくれる友達はいる。もし、だれもわたしと一緒にお弁当を食べてくれなかったら、恐ろしくて学校になどこられない。

なのに、真帆は背筋を伸ばして、ただ一心に箸を動かしている。

帰ろうかと思った。見られたと知ると、真帆は嫌がるのではないだろうか。だが、立ち去ろうとしたとき、近くにいた男子生徒に聞かれた。

「誰探してんの？」

「えーと……」

ごまかそうとしたとき、真帆がこちらを向いた。真帆の目が大きく見開かれ、ぱっと笑顔になる。

わたしは真帆に手を振った。教室に入って、真帆の席まで行く。

「どうしたの？　もうお弁当食べたの？」

仲はいいが、クラスを行き来することはめったにない。忘れ物をして教科書を借りるときくらいだ。

「うん、二時間目が自習やったから、交換日記書いちゃった」

「うそ、見せて」

真帆はわたしがきたことを喜んでいるようだった。彼女のまわりに漂っていた緊張感が和らいだ気がした。

彼女は神経を張り詰め、まわりの視線を拒絶しながらお弁当を食べていたのだろう。

わたしは小声で言った。

「ねえ、よかったら次からうちのクラスで一緒にお弁当食べようよ」

直子も友美もアリサも、嫌がらないだろう。理菜子も誰かを拒絶するようなことはない。

真帆は寂しそうに笑った。

「うん、ありがとう。行く」

なぜ、気づいてあげられなかったのだろう。彼女がクラスで孤立していたなんて知らなかった。彼女も話さなかった。

真帆は交換日記をぎゅっと胸に抱いた。そして言う。

「わたし、友梨と友達になって、本当によかった」

そんなことを言ってもらえる価値が、わたしにあるのだろうか。わたしは、真帆が無視されていたことにすら気づかなかったのに。

ふいに、里子の顔が頭をよぎった。

里子を失ってしまったように、真帆を失うことだけは絶対に嫌だった。


春がきて、わたしたちは中学二年生になった。

クラス替えの紙が張り出される。自分の名前を探し、それから同じクラスに誰がいるのか探す。

真帆の名前を見つけて、わたしは歓声をあげた。アリサも一緒だ。友美と直子は別のクラスになってしまったが、誰ひとり友達がいないよりもずっといい。

理菜子も違うクラスになった。彼女が友美や直子とも分かれてしまったことを確認して、少し不安な気持ちになる。クラスで、理菜子の面倒を見てくれる人がいるのだろうか。

男子の名前を追っていたわたしは、息を呑んだ。細尾がいた。

細尾はわたしの名前など知らないだろう。だが、彼の仲間以外で、彼と同じクラスになりたい人などいない。

真帆とアリサと同じクラスになれたことよりも、細尾がいることの方が恐怖だった。担任は男性の数学教師で、他の教師よりは厳しい人だったが、細尾を抑えられるかどうかはわからない。

ふいに、肩をぽんと叩かれた。振り返ると、里子がいた。

「同じクラスやね」

「え……？」

言われて、もう一度紙を見る。たしかに日野里子は同じ二組だった。

「あ、本当やね」

ことばを交わしたのは、一年以上ぶりのような気がした。

なぜ、話しかけてきたのだろう。他に仲のいい子がクラスにいないのだろうか。だが、里子がわたしやアリサと行動を共にするとは思えない。里子は簡単に友達を作ることができるはずだ。

もうわたしたちの道は分かれて、交わることなどない気がした。里子がいつも楽しそうにしているので、わたしは里子に抱いていた負い目も罪の意識も忘れかけていた。考え続けるにはあまりに重かったので、心の中に押し込んでいたのかもしれない。

彼女の祖父のことだって、証拠はなにひとつない。そもそもがわたしの勘違いかもしれないと、自分に言い聞かせながら。

里子は、それだけ言うと、もう別の子と楽しげに話し始めた。それ以上わたしと話をするつもりはないようだった。

生徒たちが押し合いへし合いしている掲示板前から抜け出すと、アリサの姿が見えた。声をかけようと歩みよりかけて気づいた。

アリサの隣で、理菜子が泣いていた。アリサが理菜子に繰り返していた。

「大丈夫だよ。わたしも四組に遊びに行くし、友達もできるよ」

この学校は、凪《な》いだ海を走る船ではない。荒れ狂う海の上を必死で進んでいる。理菜子は大丈夫なのだろうか。

なぜ、教師はアリサと理菜子を引き離したのだろう。もしかすると、大した意味はなかったのかもしれない。

手のかかる生徒を分散させたいという気持ちもあったのかもしれない。その思惑がどんな結果を生むのか、ちゃんと考えられていたとは思えないのだ。

中学二年生は、わたしにとって地獄の季節だった。

だが、はじまりはそう悪いものではなかったのだ。真帆とアリサと三人で行動し、三人でお弁当を食べた。わたしたちは、相変わらずクラスの中では、馬鹿にされたりしていたが、その分、細尾やその仲間が、わたしたちのことをターゲットにすることはなかった。

真帆がなぜ、クラスで孤立していたのかも、同じクラスになってすぐにわかった。英語を習っていた真帆は、英語の授業で当てられると、流麗な発音で教科書を読んだ。からかわれたり、真似をされても、やめようとはしなかった。関西弁を使わず、きれいな標準語で話し続けていたことも、一部の生徒たちの反感を買ったのだろう。越してきたばかりのとき、団地の少女たちを惹きつけた都会っぽさが、そのまま孤立する理由になっていた。

ぴんと伸びた背筋と、プライドが高そうに上がった顎、彼女はからかわれようが、苛《いじ》められようがまったく気にしていないように見えた。本当は傷ついていたのだろうけど、顔には出さず、そのことについて言及することもなかった。

わたしがいれば、真帆は孤立しないで済む。

むしろ、わたしが心配していたのは、里子のことだった。予想通り、里子がわたしに話しかけてくることはめったになかった。

里子は、女子の友達ではなく、細尾と一緒に行動していた。細尾は、里子の肩を抱いたり、腰に触れたりしていた。「ふたりはつきあっているのだ」と言う生徒も多かった。

教室の後ろで、ふたりはじゃれ合い、時に嬌声のような声を上げた。

わたしにもすでに初潮はきていたし、膨らみはじめた胸にブラジャーもつけていた。自分が子供でなくなったことは理解していたが、里子はあまりにも早く大人になってしまった気がした。

怖いのは、細尾と付き合うことがどんな結果をもたらすかわからないことだ。

教室内でだけ考えれば、細尾は圧倒的な強者だ。教師にも恐れられ、煙草を吸おうが、他の生徒を殴ろうが、指導されない権力を持っている。

細尾に気に入られれば安心だし、誰も里子に逆らうことはない。

だが、それがいつまで続くのだろうか。

細尾の身内にはヤクザがいるのだという噂もあった。それが本当ならば、教室での権力とは比べものにならないほどやっかいな結果を生むかもしれない。

時計の針は少しずつ進み始める。

その朝のことは、はっきりと覚えている。夏休みを前にして、生徒たちが浮き足立っていた頃だ。

ホームルームの時間になっても、担任の教師は現れなかった。隣のクラスを偵察しにいったお調子者の男子によると、一組も三組も同じ様子らしい。

細尾と里子は登校していなかったが、ふたりがさぼるのは珍しいことではなく、誰もそれをいぶかしんだりしなかった。

副担任の若い先生がやってきて、自習を言い渡した。二時間目も自習だった。三時間目に、やっと全校生徒が体育館に集められた。

校長が、押し殺した声で言った。

「昨夜、あなた方のお友達が事故で亡くなりました。二年四組の皆上理菜子さんです」

一瞬、クラスの女子の間に、ほっとしたような空気が流れたのを感じた。

死んだのはわたしの友達ではない、そう思った子がたくさんいたのだろう。手が小刻みに震えた。一緒に行動していたわたしですら、理菜子のことはよくわからなかった。クラスメイトたちが安心したからといって、わたしには責めることはできない。

次の瞬間、アリサが声を上げた。

しゃがれた声で、吠え、わめいた。何度も地団駄を踏んだ。わたしはアリサの肩を抱いた。

「アリサ、アリサ」

ことばにならない感情を吐き出すように、アリサは呻《うめ》きながら、わたしの腕を殴った。

教師が駆けてきた。

「前島さん、静かになさい！」

友達を失ってさえ、わたしたちはいい子でいることを求められるのだろうか。わたしはアリサの肩をぎゅっと抱きしめた。真帆が心配そうにこちらを見ていた。

「外へ、わたしが外へ連れて行きますから……」

理菜子はアリサの大事な友達だったのだ。

わたしは体育館を出て、アリサを保健室へ連れて行った。アリサは喉を押し潰すような声で泣き、何度もわたしの腕や肩を叩いた。

養護教諭も、アリサにやめさせようとしたが、わたしは「大丈夫です」と言って、アリサの好きにさせた。わたしは結局一度も、心の底から理菜子に優しくはできなかった。アリサを傷つけたくないから、優しくふるまっていただけだった。

それでも、わたしはまだ理菜子が交通事故かなにかに遭ったのだとばかり思っていた。

やがて、落ち着いたアリサを養護教諭にまかせて、わたしは教室に戻った。

授業ははじまっていなかった。誰も自分の席には着かず、こそこそとなにかを話し続けていた。

違和感は次第に大きくなる。事故で亡くなったからといって、午前中の授業がほとんど中止になることなどあるだろうか。

わたしに駆け寄ってきたのは、東団地に住む清美《きよみ》だった。

「友梨ちゃん、聞いた？」

聞いた？と尋ねられても、なんのことかわからない。清美は続けて言った。

「皆上さんを殺したのは、細尾たちだって」


事故などと言えるものではなかった。

前日の放課後に起こった出来事だった。きっかけがなんだったかすらわからない。

理菜子が細尾の気に障ることをしたのか、単に細尾がむしゃくしゃしていて、そのはけ口に理菜子が選ばれたのか。

放課後の体育館の脇で、理菜子は細尾たちに殴られた。崩れ落ちたところを、顔を蹴られ、腹まで蹴られた。

部活で残っていた多くの生徒たちは、それを見ていた。見ながら、「よくあることだ」

と思っていた。

そう、そんな光景は日常だった。ただ、日常と隣り合わせに死があっただけなのだ。理菜子の身体はボールのように丸く柔らかく、蹴ろうが殴ろうが、手応えをあまり感じなかったからやりすぎてしまったと、彼らは語ったらしい。そんな噂が生徒たちの間を飛び交った。

それが本当なのか、単なる噂なのかわからない。だが、それが現実なら、そんな現実など跡形もなく消えてしまえばいい。

アリサはその日から、学校にはこなくなった。

そして、わたしはもうひとつの恐ろしい現実を知った。

理菜子が殴られている最中、まさにその場所に、里子も一緒にいたのだ。


その日から学校は一変した。

細尾と、その仲間のふたりは少年院に行くことになった。事件は報道されたが、彼らの名前は新聞には出なかった。

学校には、新しい教師が何人もやってきた。ジャージを着て、竹刀《しない》を手に、生徒を怒鳴りつけるような教師ばかりだった。

煙草を吸う生徒も、授業をさぼる生徒もすぐにいなくなった。現実に、補導された生徒は三人だけなのに、学校の空気はがらりと変わった。授業中、無駄話をする生徒すらいなくなった。教師による体罰も当たり前になり、パーマをかけていたという理由で、教師に殴られた女子生徒もいた。

変わっていく学校を見ながら、わたしはひどい無力感に襲われていた。

もし、事件が起こる前に、この半分でも厳しくしてくれれば、理菜子は死なずに済んだかもしれないのに。

そして、里子を見るまわりの視線も変わってしまった。

クラスの権力者であり、人気者だった里子なのに、もう誰も彼女には話しかけない。一緒に行動することもない。

昼休みがくると、里子は弁当を持って姿を消す。どこで食べるのかは知らない。トイレに籠もって食べているのだと、誰かから聞いた。

どうしていいのかわからなかった。

里子に手を差し伸べるべきなのだろうか。だが、アリサのことを考えると、どうしても踏み切れない。

もし、アリサが学校に戻ってきて、わたしが里子と一緒にいるところを見たら、どう思うだろう。きっとわたしのことを許さないだろう。

せめて、里子がわたしに助けを求めてきたら、わたしもその手をはねのけるつもりはなかった。真帆は怒るだろうが、わたしと里子の間には、真帆には知ることのできない時間の経過がある。

だが、里子はわたしに話しかけてくることもなく、目を合わすことすらなかった。

クラスでは、唇を引き結んで黙りこくり、休み時間になると姿を消した。

やがて、学校にこなくなった。

里子のいない机を見つめながら、わたしはまた彼女を救うチャンスを逃してしまったのだと知った。

理菜子のことで、彼女にまったく罪がないとは思わない。彼女自身は、殴ったり蹴ったりはしていなかったということだが、笑いながら見ていたのを、多くの生徒が目撃していた。

だが、これまで理菜子が消しゴムをぶつけられ、男子生徒にわざと足を出されて、転ばされたりしていたとき、クラスのほとんどの生徒は笑いながら見ていた。理菜子を抱き起こして、まわりをにらみつけたのは、アリサだけだった。そのアリサさえ、ことばの言い間違いや、つかえを、何度も真似され、笑われていた。

クラスにいる普通の生徒たちと、里子の間にどれほど違いがあったのだろう。

事実、多くの生徒たちは理菜子が暴力をふるわれているのを、見て見ぬ振りをしていたではないか。

そして、わたしも理菜子の様子を見に四組に行ったことはなかった。アリサの手前、優しくしていただけで、彼女を少しやっかいに感じていた。

アリサと理菜子は毎日一緒に帰っていたが、あの日アリサは通院のため、学校を休んでいた。

わたしがふたりと一緒に帰っていれば、あの日、理菜子はひとりにならずに済んだのだ。

いや、こんなふうに考えるのは、里子が不登校になった罪の意識からなのだろう。

事実、里子が教室内でみんなから無視されていたときには、わたしは彼女に近づかなかったのだから。

中二の冬がくるまでに、わたしは何人もの友達を失った。

わたしにはもう真帆しかいなかった。


その年の十二月、真帆の祖母が団地の階段から落ちて、腰の骨を折った。

真帆の母親は働いているから、真帆が祖母の病院に行って、必要なものを買って届けたり、洗濯物を持ち帰るようになった。病院はバスで行ける場所だったから、わたしもときどき一緒について行った。

六十五歳を越えて腰の骨を折ったのだから、寝たきりになることも危ぶまれたが、幸いリハビリは順調に進んでいるようだった。

行き帰りのバスで、真帆はくすくすと笑いながら言った。

「リハビリ指導してくれる先生が、若くてかっこいいの。おばあちゃん、それで張り切っちゃって」

「へんなの」

わたしはきっぱりとそう言った。真帆は「そうだよね」と笑った。

十四歳のわたしはまだ、大人は子供たちとは違う生き物なのだと信じていた。大人になった瞬間、楽しみも胸のざわめきも、なにも必要なくなるのだと思っていた。

その日は真帆の母親も仕事で遅くなるということだった。そんなとき、真帆はときどき、うちで夕食を食べ、一緒に宿題をした。

真帆は賢く、大人の気に入るような受け答えが得意だったから、うちの両親も真帆が遊びにくるのは歓迎してくれた。

両親の態度に嘘はなかったと思う。ときどき、真帆のいないときに「真帆ちゃんちは、お父さんの浮気で離婚した」「だからお母さんは養育費をたくさんもらっている」などと話してはいても。

残酷さと優しさはときどき、ひとつの場所に矛盾せずに存在するのだ。だが、真帆はわたしの両親がそんなことを言っているのを知ったら、うちに遊びにくることはなかっただろう。

その日は、宿題が難しく、気がついたら九時をまわっていた。

母が優しく言った。

「真帆ちゃん、もうお母さんが帰ってる頃とちがう？」

「あ、本当だ。帰ります」

わたしはシャープペンシルを投げ出して立ち上がった。

「送っていく」

同じ団地の中だが、それは儀式のようなものだった。わたしが真帆の家に遊びに行ったときは、真帆がわたしの家まで送ってくれた。その逆も。

そうすれば少しでも長く一緒にいられる。送っていった先の家の前で、しばらく長話をすることもあった。

「遅いから、早く帰るのよ」

「はーい」

泊まることができればいいのに。同じ部屋で布団を並べて眠れればいいのにと、いつも思った。

団地の空きスペースにテントを立てて、そこでふたりで生活することを夢想したりした。小学校の時、林間学校でキャンプをしたときのように、飯盒《はんごう》でごはんを炊き、カレーを作る。

簡単にできそうなのに、どうして誰もやらないのだろう。

その日は、なぜかわたしの棟の階段を下りたところで、長話になった。最近置かれた「ちかんにちゅうい」などというヘタな絵の看板のそばで、いろんな話をした。

真帆とはずいぶんおしゃべりをしたが、理菜子のことも、里子のことも話さなかった。アリサが学校に戻ってこられるようになればいいとは思ったが、どうすればいいのかはわからなかった。

クラス委員がアリサの家を訪ねたが、会うことはできなかったらしい。噂では、特殊学級のある学校に転校することになったと聞いた。

そこはアリサにとって居心地のいい場所になるだろうか。アリサはそこで傷つかずにやっていけるだろうか。

しばらく喋った後、真帆が慌てたように自分の家のある方向に目をやった。

「大変。お母さん帰る前に家にいないと怒られちゃう。じゃあ、ここでいいよ」

「うん」

真帆は鞄を持ったまま駆けていく。停車していた白いミニバンの横を通り過ぎた。

わたしは、なんだか名残惜《なごり》しくて、彼女を見送っていた。だから、気づいた。白いミニバンがのろのろと動き始めたことに。

嫌な感じがした。自然と足が動き出していた。

真帆の住む棟までの間に、公園があった。街灯はあるがこの時間はいつもしんとしている。

公園まできたときだった。道端にミニバンが止まり、降りてきた男性が真帆の腕をつかんでいた。

マスクをした大柄な男性だった。真帆は必死にその手を振り払おうとしていたが、力では敵わない。男は真帆を車の中に引きずり込もうとしていた。

悲鳴は出なかった。喉が引き攣《つ》り、強ばった。

それでもわたしは走った。男に体当たりをした。

「友梨！」

「真帆、逃げて」

そして誰か呼んできて。そう叫ぼうとしたとき、喉に手が食い込んだ。男の手だった。息ができなくなる。

足から力が抜けて、その場にしゃがみ込む。同時に手が離れた。真帆が背中から男にしがみついていた。

男は真帆を投げ飛ばし、そして腹を思い切り蹴り上げた。

殺される。真帆が殺される。

手になにかが触れた。包丁だった。たぶん、男が真帆に突きつけていたものだ。わたしはそれをつかんだ。そのまま真っ正面から男の身体に突進した。

抵抗を感じたのも最初だけだった。力任せに押し込むうち、わたしの手は男の腹の中にずぶずぶと沈んでいった。

男がうずくまっていた。

真帆が呆然とするわたしを助け起こした。

「逃げよう」

手は血まみれだったが、他は汚れていなかった。

男はまだ生きていた。背中を丸めて荒い息を吐いていた。

「逃げよう！　正当防衛だから！」

真帆の言うことは矛盾していたが、わたしは頷いた。ふたりで別々の方向に向かって走った。外の水道で手を洗った。血がついた水道の蛇口も何度も洗った。

包丁から指紋を拭わなかったことを思い出して、息が詰まった。だが、あの公園にはもう戻れない。

　わたしも、細尾たちと同じように少年院に行くことになるのだろうか。十四歳だから、新聞に名前は報道されないだろうが、細尾たちのような奴らと一緒に過ごすことを考えるとぞっとした。

　せめて、真帆の言ったとおり、「正当防衛」になればいい。あのままでは真帆が連れ去られていた。殺されたかもしれない。

　理菜子を殺した細尾たちとは、まったく違う。

　家に帰ると両親はテレビを見ていた。

「早く帰りなさいって言うたでしょ」

「うん……話し込んでもうて……」

　声は震えていたが、両親はなにも気づいていなかった。

「お風呂入りや」

「うん」

　風呂に入り、髪と身体を念入りに洗った。爪の中に血が入り込んでいてぞっとした。

　もう終わりだ、と思った。明日から、わたしはまた新たな暴風雨の中に放り出される。摑まるものも、縋《すが》るものものもうないだろう。

　風呂から出て、両親にお休みを言った。布団の中に入る。

こんな状態で眠ることなどできないと思ったのに、わたしはすぐに眠りの中に引き込まれてしまった。


翌朝、わたしは母にたたき起こされた。

「今日は学校休みなさい」

母がいきなりそう言ったから、わたしはなにもかも知られてしまったのだと思った。

「お母さん……」

母はわたしをぎゅっと抱きしめた。それから言う。

「あのね。よく聞きなさい。昨日、団地で男の人が殺されたの」

知っている。わたしが殺したのだ。

母は続けてこう言った。

「警察に里子ちゃんが連れて行かれたの。里子ちゃんが包丁で脅されて、車に乗せられそうになったから、抵抗して、そのときに揉み合って殺してしもうたんやって」

なにを言われているのか理解できなかった。

「里子が……?」

「そう、だから学校行って、嫌なこと聞かれてもつらいでしょう。あんた里子ちゃんと仲良かったから」

昔の話だ。今はわたしと里子が友達だったなんて、学校では誰も知らない。学校に行かなくていいのは助かる。こんな気持ちで普通にふるまうことはできない。

ふと、思い出した。

あの公園は、里子の部屋の窓に面していた。

3

夜から朝までの間に、違う世界に迷い込んでしまったのではないかと思った。あるいは、昨日の自分は夢を見ていたのか、それとも今が夢なのか。

足下が揺らいで、自分の目で見たものさえ信じられない。ただ、どうしようもなく怖かった。

里子が逮捕されたのなら、自分が罪に問われることもないかもしれない。そう思わなかったわけではない。だがそれよりもなにが起こったのか、まったくわからないことが怖かった。

ぬめる血の感触や、鼻をつく匂い、包丁を通じて伝わってくる肉の弾力。柔らかく沈んでいくようで、ところどころ強い抵抗があった。

記憶の中に散らばっている、そんな細かな残像すら、すべて信じられないのだとしたら、わたしはいったいこれからなにを信じればいいのだろう。

その日の夕方、わたしは高熱を出した。

両親は、里子の逮捕にショックを受けたのだと話していた。

そう思われている限り、両親はわたしの様子がおかしくても、不審に思わないだろう。

昨夜、部屋に逃げ帰ってからも、両親に知られることが怖かった。

このまま、隠し通せるだろうか。

そう思った瞬間、「そんなはずはない」というあきらめが、一瞬の楽観をさらっていく。

そもそも、里子が逮捕されたのは、わたしと間違われたのかもしれない。里子の方がすらっとして背も高いが、同世代の女子だ。

すぐに警察は間違いに気づいて、そしてわたしに行き当たるかもしれない。

足がずぶずぶと深い沼に沈んでいく。

布団から、何度も窓を見た。このまま飛び降りれば、世界もわたしも消えて楽になれるだろうか。

十四歳でわたしは人を殺した。

だが、幸福な少女時代がその瞬間に地獄へと変貌したわけではない。

わたしはずっと、刃の上を歩いていた。これまで落ちなかったのはただの幸運で、足の裏は傷だらけだった。

手を血で汚し、常に眠れない夜を過ごすことになったけれど、それは思いもかけない出来事だったわけではないのだ。

自分に幸福になる権利があるのだと知るのは、十年も二十年も先、十四歳のわたしにとっては、気が遠くなるほど先のことだった。


三十七度五分程度の熱はだらだらと四日間続いた。

学校を休んでいる間、自分の布団で横たわり、窓越しに空だけを見ていた。

下から鋭角に見上げる空は、美しい青をしていた。ベランダに出れば、同じ形の建物ばかりが目に入るのに、下から見上げれば空しか見えない。空だけ見ていれば、自分がなにをしたのかも忘れていられる。

わたしは、別の人物になることを夢想した。

リュックにお小遣いを貯めた貯金通帳と、大好きなマンガを何冊かとチョコレートビスケットを入れて、旅に出る。自転車を漕いで、公園で寝袋に入って寝る。夜空の月を見ながら眠るのだ。

そう考えてから気づいた。

公園でなど寝ることはできない。真帆は歩いているだけで、車の中に押し込められそうになった。家まで、ほんの一、二分の場所で。

わたしたちは、もう自由になどなれない。夏休みに、自転車を漕いで旅に出ることができるのは、男の子だけなのだ。

わたしたちが自由に旅に出ようとしたら、殺されるか――それとも、殺すか。そのどちらかだ。

台所で水を飲み、布団に戻ってひたすら眠り、その合間に夢想する。

間違いが正されることに怯《おび》えながら、それでもわたしは眠り続けた。


五日目、ようやく熱が下がり、わたしは陰鬱な気持ちのまま登校した。

真帆と待ち合わせることもなく、ひとりで通学路を歩く。まわりを歩いている生徒たちは楽しげにおしゃべりをして、笑っていた。

これまでの、変わらない毎日と同じだった。理菜子が殺された後もそうだった。一日か二日だけ、形だけしおらしくしてみせて、そのあとは当たり前のように日常に戻る。

わかっている。それは別におかしいことでもなんでもない。

わたしだって、よく知らない同級生のことで、悲しみを強要されても困る。毎日どこかで人は死に、ショッキングな事件は起こる。たとえ、同じ学校にいたって、多くの人たちには無関係な出来事だ。

ただ、自分が動けないのに、世界が動いていることが怖かった。

チャイムが鳴る数分前に、教室に入って席に着く。真帆が、わたしを見て駆け寄ってきた。

「友梨、大丈夫?」

「うん、熱は下がったから……」

真帆の「大丈夫」がそういう意味ではないのは理解していたけれど、他のクラスメイトもいる前で、それ以上踏み込んだ話はできない。

すぐに、教師がやってくる。

席に座って思う。わたしたちのクラスからは、人が減っていく。

アリサがこなくなり、細尾が少年院に行き、そして今度は里子が減った。いなくなった生徒たちの机は片付けられ、空間は詰められる。不在すら、なかったことにされる。コンクリートで塗り込められるように。

いなくなったのは、わたしかもしれない。わたしの不在だって、あっという間にみんなに忘れ去られてしまうのだ。

隣の席の女子たちが言うのが聞こえた。

「なんか、やっと平和になったって感じする」

「ほんま。変な人たちがいなくなってよかった」

急に風景が、書き割りのように現実感をなくした。

学校が急速に、秩序を取り戻したのは事実だ。煙草を吸う生徒も、授業をさぼって廊下に出て行く生徒もいない。だが、そうしないのは、竹刀で殴られるからだ。

それは本当の秩序なのだろうか。


授業が終わると、真帆が自然にわたしの横にきた。

「一緒に帰ろ？」

そう言う目には不安が浮かんでいる。わたしは頷いた。

真帆も、里子が逮捕されたことをおかしいと思っているはずだ。誰かに話せるようなことではない。

帰り道、わたしたちは少し距離を取って、黙って歩いた。真帆は話したそうにしていたが、わたしが真帆の目を見ないようにして、話しかけられることを拒んだ。

真帆と話したくないわけではないが、人のいるところでこのあいだの夜の話をされるのが怖かった。真帆はただの被害者だが、わたしは違う。

男の腹を包丁で刺した。真帆が、大人に言いつければ、わたしはあっという間に里子のように警察に連れて行かれてしまうだろう。

そして、クラスメイトたちが笑う。変な人がいなくなってよかった、と。

団地まで帰ってくると、真帆が言った。

「うちくる？」

わたしは頷いた。鞄も置かず、制服のままで真帆の家に向かう。

真帆の住む棟の階段を上がり、真帆が鍵を開けるのを眺めた。家の中に入り、ドアを閉める。鍵のかかる音を聞いて、わたしはやっと真帆の顔を見た。

真帆が堰《せき》を切ったように尋ねた。

「ねえ、どうして？　どうしてあの子が捕まったの？　なんでわたしたちじゃないの？　あの子が嘘をついてるの？　それとも死んだのは別の人で、殺したのはあの子で、わたしたちはなんの関係もないの？」

「そんなんわからへん……」

すべて、わたしの知りたいことだった。

「ねえ、あの子……日野里子と、友梨、別に仲良くないよね。わたしたちをかばう理由なんかないよね」

そう言われてわたしは口ごもった。

「どうしたの?」

「昔は……仲がよかったから……」

「昔って、いつ頃?」

「小学二年生くらいまで……かな」

真帆はなにを言っているのかわからない、といった顔になった。

「そんな昔? その後、仲が悪くなったなら、別に友達じゃないよ」

なぜか、そう言われて、少し真帆のことが嫌いになった。

「やめてよ。そんな言い方」

真帆ははっとした顔になった。

「……ごめん。でも……」

その「でも」の先は聞かなくてもわかった。

「あの子、細尾の彼女だよ。理菜子を殺した」

「うん」

理菜子は細尾たちによって殺された。でも、笑いながら見ていた里子に罪があるのなら、クラスが替わったというだけで、理菜子と一緒に帰らなくなったわたしは無関係だと言い切れるのだろうか。

真帆はひとりで話し続けた。

「あのとき、友梨が刺した傷はたいしたことなかったから、あいつは友梨を追い掛けようとしたんじゃないの？　それで、友梨だと思って襲いかかったのが、日野里子だったとか……。年格好もだいたい似てるし」

そんなことがあるのだろうか。わたしはたしかに男を刺したが、それはそいつが真帆に襲いかかったのがきっかけだ。なのに、逆恨みをしてわたしを追い掛けてくるなんて妙な気がした。

そう言うと、真帆は少し怒ったような顔になった。

「そういうもんだよ。わたし、小学校のとき、ずっと電車通学してたけど、痴漢にあって、『やめてください』って言ったら、そのあと、そいつ、電車下りてからもついてきたんだよ……。そのときは、コンビニで助けを呼んで追い払ってもらったけど、それから怖くて、わざわざ遠回りするような路線で通ってた」

急にどうしようもなく悲しくなった。

バスの中で、隣の席に座ったスーツを着た男性に、太ももを撫で回されたことがあった。あのときは怖くてなにも言えなかったのだけど、なにかを言えばその男もそんな凶暴性を発揮したのだろうか。

真帆ははっきりと言った。

「あんなやつ、死んだって当然」

そのことばは、少しだけわたしの気持ちを楽にした。

真帆はあのときも「正当防衛」だと言った。そう思いたい気持ちはわたしにもある。

なにもしなければ、真帆は殺されたかもしれない。なのに、どうしてわたしたちはその事件を口に出せないのだろう。

わたしはおそるおそる真帆に言った。

「あのこと、誰かに話した？」

「言えるわけないじゃない」

返ってきた答えに絶望する。あんなやつは死んだって当然だと言い切れる真帆ですら、事件を誰にも言えないのだ。

「ねえ、やっぱり本当のこと話した方がいいのかな」

「本当のことって？」

「あの人を刺したのは、わたしだって」

殺したかどうかはわたしにはわからない。刺したときは死んでなかった。

「やめて」

驚くほど、強いことばが返ってきた。

「理由を聞かれてどう答えるの？」

「どうって……真帆が殺されそうだったから……」

そう言ったとき、わたしははじめて、真帆の目が赤いことに気づいた。

彼女は泣いていた。

「いやだ。あいつに触られたこと、誰にも知られたくない。あいつがわたしに言ったことも誰にも知られたくない。知られるくらいなら、わたしが死ぬ」

「真帆……」

これまでわたしは、自分が人を刺したということで頭がいっぱいだった。あの男に襲いかかられた真帆が、どれほど怖くて、どれほど不安だったか、想像もしていなかった。

「あんな男、死んでよかった。あいつが生きて逃げ延びてたら、わたし、もう外を歩くのも怖かった」

少なくとも、彼はもうこの世にはいない。この世の暴力のすべてが消えたわけではないけれど、それは確かに救いだった。

真帆はわたしの隣に座ると、顔をわたしの肩にもたせかけた。

「わたし、友梨が友達でよかった……友梨があのとき助けてくれなかったら……わたし……」

わたしは小さく口を開けて、真帆を見た。

なぜか、真帆のことばに違和感を覚えた。わたしは真帆を助けたのだろうか。たしかに、あのとき、このままでは、真帆が死ぬと思った。だから、あいつを止めたかったのだ。

なのに、真帆から感謝されることがおかしい気がした。

それでも、真帆の柔らかな髪が肩に触れていることには、わずかな幸福感があったのだけれど。

わたしたちは中三になった。

中二から中三になるときはクラス替えはない。受験を前にして、よけいなストレスを減らすためだと教師が言っていたが、わたしはせめてクラス替えをしてほしかった。真帆と一緒のクラスでいられることはうれしいが、アリサと里子の不在がどうやっても頭から離れない。

アリサももう戻ってはこなかった。電話をしたかったが、なにを話していいのかわからなかったし、年賀状に返事はこなかった。もともと、アリサは文字を書くことが苦手で、学校でメモのような手紙を渡しても返事をくれることはなかったから、仕方がない。

アリサの近所に住むクラスメイトからは、彼女が新しい学校に行っているという話を聞いていた。元気でいてくれるのなら、それでいい。

もう一度会って、友達に戻りたいという願いはあったが、それはどうやってもわたしの自分勝手な思いに過ぎないのだ。

気になることは、もうひとつ。真帆が無口になっていったことだ。

学校が終わってから、わたしの家にくることもなくなり、登下校中の口数も減った。学校では常に一緒に行動していたが、他のクラスメイトたちの話を聞いているだけで、あまり自分から口を開くことはない。

あんなことがあったのだから、仕方がない。わたしはずっとそう考えていた。無理に話を聞き出そうとは思わなかった。

新学期がはじまってから、二、三日後のことだった。この時期、授業は午前中で終わる。真昼の明るすぎる日差しの中を下校しながら、真帆が言った。

「今日、うちで宿題しない？　お祖母ちゃんは通院だから、今日は家に誰もいないし」

「うん、いいよ。お昼食べてから行くね」

「うん、早くね」

ひさしぶりに、ふたりきりで遊べるのはうれしい。春休みの間、真帆は塾通いが忙しくて、あまり会うことができなかったのだ。

帰って、制服を着替え、自分でインスタントラーメンを作って食べた。

母は、半年ほど前からパートをはじめ、家にいないことが増えた。あまりひとりを寂しいと感じない性格だったから、むしろ気楽だった。

なぜ、真帆は早くと言ったのだろう。そう思いながら、食べ終えた食器を洗い、制服のブラウスを洗濯物カゴに入れた。母が帰ってきたときのために、真帆の部屋にいるとメモを残す。

お気に入りの白いレースのブラウスと、スカートを穿いた。宿題と缶ペンケースを鞄に入れて、家を出たときには、一時半になっていた。

なぜか、到着したとき、真帆は少し不機嫌だった。

「遅い」

「急いできたつもりやけど……」

夕方まで、宿題をする時間は充分ある。わたしたちは、真帆の部屋にローテーブルを出し、そこに宿題を広げた。

英語の長文読解の問題を、真帆と一緒に解いた。真帆は2Hの細いシャープペンシルで小さな文字をカリカリと書いていた。おや、と思ったのは、わたしでもわかるような部分を、真帆が誤読したせいだ。

これまで、英語はいつもずっと真帆の方が成績がよく、わたしは教えてもらうばかりだった。

もしかしたら、わたしの方が間違っているのかも、と思ったから、それを指摘するのはやめておいた。

真帆は、シャープペンシルを投げ出した。

「ねえ、わたし、思ったんだけど……」

「なに？」

「日野さん、細尾くんに会いたかったんじゃないかって……」

真帆がなにについて語っているのかわかったのは、少し時間が経ってからだった。

「細尾くんに会いたかったから、自分がやったことにしたってこと？」

具体的な単語は使わないようにした。

「だって、あの子、学校で苛められてたじゃない。自業自得だけど。逃げたかったんだよ。きっと」

そんな言い方はしないでほしい。真帆が里子について語るたび、わたしは真帆のことが少しだけ嫌いになる。それは好きという水の中に混じった、たった一滴の嫌いだけれど、何滴も垂らされるうちに、水の色までも変えてしまう。

わたしは、話を変えたくて、少し強い口調で言った。

「女子と男子は違うところに行くんだよ」

「知らなかったかもしれないじゃない」

そうだろうか。里子はそんなに愚かだろうか。学校で居場所を見つけるため、いつもクラスでいちばん人気のある子たちに近づいていた。細尾の腕にもするりと滑り込んだ。

「でも、それって、里子がわたしをかばったってことやよね」

そう言うと、真帆は少し妙な顔になった。

「結果的にはね」

「里子、そんなことはせえへんと思う。きっとわたしのことが嫌いやから」

真帆の目が丸くなった。たぶん、この話ははじめて真帆に語る。

「どうして？　昔は仲がよかったんでしょう」

「小学二年生まではね。でも、わたしは里子に嫌われてる。あの子を見捨てたから」

鮮烈に、里子の声がよみがえる。

——もし、誰かに言ったら、殺すから。

今の里子の声ではない。小学四年生のときの声。

「だから、里子がわたしをかばうようなことはないよ」

真帆はノートに肘をついて、わたしの顔を見た。

「もっと、はっきり言ってくれなきゃわからない」

「わたしは、里子を助けられたかもしれないのに、助けなかった。そういうこと。これ以上は言えない」

そこまで言うと、真帆ははっとした顔になった。しばらく口をつぐんで、考えている。

わたしは真帆の顔を見たくなくて、辞書を広げて、ひたすら単語を引いた。

ふいに玄関の鍵が開く音がした。真帆は顔を上げた。

「ママが帰ってきた……」

「えっ」

真帆の母親は、フルタイムの仕事をしているから、平日はいないはずだ。驚いていると、真帆が小さな声で言った。

「今日はお祖母ちゃんのリハビリの付き添いで、仕事を休んでいるの。いつもは四時過ぎるんだけど……」

「真帆、いるの?」

真帆の母親の声がした。

「うん、今行く」

真帆は立ち上がったが、急に身体をかがめて、わたしの耳元で囁いた。

「ママがなにを言っても気にしないで」

そう言って、部屋を出て行く。わたしは戸惑いながら、その背中を見送った。

真帆の母がなにを言うというのだろう。

真帆の母は、真帆に似て、すらりとした美しい人だった。髪をいつも短く切っていて、スーツとパンプスを身につけていた。授業参観で見かけても、ひとりだけ垢抜けていて華やかだった。

挨拶に出ようと思ったけれど、真帆はドアを閉めていった。まるで、わたしを自分の母親に会わせたくないと思っているようだった。

なんだか妙な気がした。真帆と母親が話している声が聞こえるが、なにを言っているのかまでは聞こえない。

しばらくして、真帆が戻ってくる。

「ごめん。今日はここまでにしよう。本当は話したいことがあったんだけど……」

「うん、じゃあ、またうちにくる？」

「そうだね」

真帆は寂しげに笑った。ノートや缶ペンケースを鞄にしまっていると、部屋のドアが開いた。

真帆の母親が、オレンジジュースの入ったグラスを二つ持って、部屋に入ってきた。

真帆が険しい顔で言った。

「ママ、友梨はもう帰るから」

「どうして？　ママ、友梨ちゃんとお喋りしたいわ」

なぜか空気がぴんと張り詰めた。わたしはどうしていいのかわからず、ただ身体を強ばらせていた。

「友梨ちゃんはどこの高校を受けるの？」

いきなりそう聞かれた。この時期、友達の母親だけでなく、関係ない人からもよく尋ねられる質問だ。団地の同級生のほとんどは、公立高校を志望しているから、学校の名前を言えば、いやでも成績がどのくらいかわかる。

「わたしは、佐倉丘高校を受験しようと思ってます」

自慢できるほどではないが、それほど悪くもない。もう少し冒険すれば、一ランク上の高校も受けられるが、失敗するのは怖い。うちは私学に行けるほどお金持ちではない。

真帆の母親の目が鋭くなった気がした。

「真帆にはね、神戸の女子高を受けさせようと思っているの」

「ママ！　わたしは電車で通学するのは嫌！」

ここから神戸だと、通学するのに一時間はかかる。もちろん、そのくらいの時間をかけて通学している人はいるだろうが、やはり大変だ。

わたしの志望校には、自転車で通うことができる。真帆も同じ高校に行ければいいのに、と少し思っていた。偏差値も同じくらいだったから、決して不可能な夢ではない。

真帆も佐倉丘高校を受験したいと言っていた。

だが、最終的に真帆と違う高校になってしまうことは、充分考えられることだった。

真帆の志望校が神戸の私立だと知っても、そのこと自体はそれほどショックではなかった。

学校でもみんなそうだ。「同じ高校に行きたいね」とは言うけれど、それはただの希望だ。そうなればいいね、そうなったらうれしいねという思いを口に出しているだけに過ぎない。

どちらにせよ、わたしたちの道はすぐに分かれていく。クラス替えや転校、そして進学。握りあった手を離さずにいられるかどうかなんてわからない。中学三年生はそういう時期だ。

だが、同じ団地なのだから、学校が離れたっていつでも会える。

真帆の母は、真帆の顔を見ず、わたしだけに言った。

「どうせ、来年になれば学校も離れてもう遊ぶこともなくなるし、中三はお互い勉強が忙しい時期でしょう。友梨ちゃんも遊んでないでもっと勉強に身を入れたら？」

「やめてよ、ママ！」

真帆が声を張り上げる。

失礼で、意地悪なことを言われていることだけはなんとなくわかった。

意味がわからなくても、悪意は悪意だとわかるし、それで傷つく。佐倉丘高校を受けるなんてレベルが低いと言われたのだろうか。

「友梨、行こう」

真帆がわたしの手をつかんで立たせた。

「失礼します……」

ぎこちなくそう言って立ち上がる。靴を履いていると、後ろから真帆の母が言った。

「お互い、ちょうどいいレベルのお友達を選んだ方がいいと思うの」

「ママ、やめて！」

ようやくじわじわとわかりはじめる。真帆の母は、わたしが真帆の友達でいるのはふさわしくないと考えているのだ。

真帆はわたしと一緒に外に出て、ドアを閉めた。

「じゃあ、帰るね」

精一杯の笑顔を作ってそう言うと、真帆はわたしの腕をぎゅっとつかんだ。

「公園で話そう？」

あれからふたりで、公園に行くことはなかった。十二月のあの夜のことを思い出したくなかった。

公園では、同じように午後から休みの小学生たちが笑いながら走り回っていた。

フェンスにもたれて、小学生を眺めながら、真帆が口を開いた。

「ごめんね。ママが変なこと言って」

「うん、別に気にしてないからいいよ」

「三学期、成績がずいぶん下がったの……」

「そうなんだ」

去年から、わたしたちのまわりではいろいろなことがありすぎた。落ち着いて勉強などできる環境ではなかった。

「でも、受験は来年だし、まだここから頑張れるから……」

わたしは精一杯、前向きなことばを口に出した。

だが、わたし自身、少しもそのことばを信じていない。勉強を頑張って、受験を頑張って、その先に明るい未来があるなんて、少しも信じられない。

——人殺しのくせに。

だれかが耳許で囁く。

隠し通せるとは思えない。真帆も知っているし、里子も知っているかもしれない。

今はまだ起こるべき出来事を先送りにしているだけだ。歯医者で麻酔を打つのと同じようなものだ。ただ、麻痺している。

遠くにいるわたしが笑う。

もし、人を殺さず、いい高校に行って、いい大学に行けたとして、その先になにがあるの？

真帆の母親みたいに、娘の友達に意地悪なことを言い、わたしの両親が、里子に起こった出来事を無視したように、自分に関係ないものから目をそらす。学校の教師たちのように、死人が出るまで、荒れた学校から目をそらし続ける。

そんな未来しか、わたしには想像できなかった。

「ママ、環境が悪いって……学校で、理菜子が殺されたし、団地でも……ほら、日野里子が……」

わたしはぐっと唇を噛んだ。

「ママは公立に行かせたことがよくなかったって思ってるの。だから、高校は神戸のお嬢様学校にって……。でも、わたし、全然知り合いも友達もいないところに行くのいやだ。満員電車で通学するのも怖い」

わたしは、真帆が一年のクラスで孤立していたことを思い出した。

親が絶対そうしたいと思えば、わたしたちには抵抗するすべなどない。だだっ子のようにひっくり返って泣けば、思い通りになるのだろうか。

「高校が別になっても、ずっと友達だよ」

そう言ったのに、真帆は首を横に振った。

「ママ、友梨と遊ぶのはもうやめろって……わたしの成績が下がったのは、よくない友達とばかりつきあっているからだって……」

わたしは息を呑んだ。

わたしは一年の時から、真帆と友達だった。二年の三学期になって成績が落ちたから、わたしのせいだと言うのだろうか。それにわたしと真帆は偏差値だってそれほど変わらない。

「ごめん、こんなこと言って」

真帆は涙声で言った。

「うん……いいよ」

「ママ、友梨と日野里子が仲良かったって話を、団地の人に聞いたみたい。それで友梨のことが……あまり……」

ああ、と思った。それならば、仕方がない。

里子が嫌われたのは、人を殺したからで、それはそのままわたしがやったことだ。

里子はわたしで、わたしこそが里子なのだ。

わたしは黙った。なにを言っていいのかわからなかった。

真帆はぽつんと言った。

「わたしと友梨は違うの？」

「え？」

「ママは、わたしと友梨は違うんだから、仲良くしててもきっとそのあとうまくいかなくなるって」

冷たい水をかけられた気がした。まるで呪いのことばだ。

なにが違うのだろう。真帆はわたしよりきれいで、英語ができて、東京で生まれて私立の小学校に行っていて、そして私立の高校に行くかもしれない。

違いなどそのくらいの差しかない。わたしの母親は、真帆のことを語るときに、「お父さんがいなくて可哀想」と何度も言った。わたしはそのたびに嫌な気持ちになったけれど、真帆の母親には、わたしが可哀想に見えているのだろうか。

一緒にいて楽しくて、真帆のことが好きなだけではいけないのだろうか。

ぎゅっと胸が痛くなる。里子ともこんなふうに会えなくなった。真帆の手は離したくない。

大人はわたしたちの知らないことも知っているふりをする。

でも、そんなにいろんなことがわかるのに、なぜ理菜子が殺されるのを止められなかったのか。幼い里子が祖父にひどいことをされている可能性を無視したのか。真帆を車に押し込もうとした男に、誰も気づかなかったのか。「ちかんにちゅうい」なんて看板だけを立てて、それで防げるつもりだったのか。

泣きたかった。なにより恐ろしいのは、すでに真帆とわたしの間に亀裂が走りはじめていると感じることだ。

真帆は、わたしと自分が違うのだと言われて、戸惑っている。それを打ち消す強い気持ちなど持っていない。

そして、そのことにわたしは傷ついている。

——違わないって言ってよ。そんな呪いを呑み込まないでよ。

わたしは、破れかぶれのような気持ちになって、自分から真帆の手をぎゅっと握った。

その手は柔らかくてあたたかかったけれど、手を離せば、その柔らかさもあたたかさもすぐに消えてしまうのだと思った。

わたしと真帆はそのとき、すぐに決裂したわけではなかった。

真帆はしぶしぶ、志望校を神戸の私立女子高に決め、お互いの家を行き来することはなくなったけれど、それでも学校では同じグループにいて仲良くしていた。帰り道はふたりで一緒に帰った。ふたりでいると楽しかった。

決定的な出来事が起こったのは、冬休みが明けて、三学期がはじまったその日だった。

始業式を終え、体育館から教室に戻ったわたしは、異様な雰囲気に気づいた。

いつもは教師がくるまで、楽しげな雑談が聞こえてくるのに、今日はなにも聞こえない。

引き戸を開けて、その理由に気づいた。

窓際の席に、日野里子が座っていた。

会わない間にずいぶん背が伸びた。ブラウスは、袖が短くなり、前ボタンが豊かな胸ではち切れそうだった。

ひとりのクラスメイトが里子に近づいた。

「そこ、わたしの席なんやけど……」

「ああ、ごめん」

里子は何でもなさそうに立ち上がった。たしかにそこは、去年まで里子の席だった。今は里子の席はない。

振り返った里子と目が合った。これまで、一度も教室で話しかけてきたことなどないのに、里子はわたしの方に歩いてきた。そしてわたしの腕に腕を絡ませる。

「友梨ちゃん、ひさしぶり。会いたかった」

甘えたような声で言う。わたしは里子のそんな声をはじめて聞いた。


授業が終わると、里子はまっすぐにわたしの方へやってきた。

「友梨ちゃん、一緒に帰ろう」

「あ……うん」

わたしは真帆に、視線を送った。真帆はぱっと目をそらして、鞄を持って立ち上がった。そのまま教室を出て行く。

わたしは戸惑いながらも、里子と一緒に帰ることにした。わたしには里子に聞かなくてはならないことがある。

学校を出ると、里子はふうっと息を吐いた。

「疲れた……」

クラスメイトたちは里子に近づこうとすらしなかった。遠巻きに刺すような視線を注いでいた。そんな中にいれば疲れるはずだ。

「早かったでしょ」

里子は前を歩きながらそう言った。なんのことかわからず、わたしは首を傾げた。

「少年院から出てくるの。ちょうど一年いた」

「ああ……」

「あの男の車から、手錠とかガムテープとかいろいろ出てきたし、なにしにきたか明白やったしね。包丁もそいつのだったし、一応、情状酌量ってやつ？」

じょうじょうしゃくりょう、とまるでひらがなを読むように口にする。

「でも、それじゃ正当防衛には……」

「なんべんも刺したから、過剰防衛やってね。仕方ないよね。わたし、倒れてるあいつの腹から包丁抜いて、何度も刺したんやもん」

わたしは息を呑んだ。最初にその包丁を握って、男の腹に突き立てたのはわたしだ。

「どうして……？」

里子は振り返って笑った。

「どうしてだと思う？」

わかるはずもない。一年間悩み続けてきたのだ。里子は笑った。

「友梨ちゃんを守るため……かな？」

「冗談はやめて」

「あはは、やっぱり信じてくれないか。本当は、もう家も学校も嫌になったから。友梨ちゃんとあの子——坂崎さん？——が逃げていくのを見て、刺したのがわたしなら、ちょっとの間だけでも今の毎日から逃げられるかな、と思ったの」

これまで自分で考えたどの理由よりもしっくりきた。

状況はわかった。だが、自分の罪が軽くなったとは思わない。もし里子が刺さなくてもあの男は死んだかもしれない。

不思議なのはこんなふうに話をしなくなってもう何年も経つのに、まったく一緒にいることに違和感がないことだ。会話は楽しくもなんともないのに、いつの間にか小学二年生の頃に、時間が巻き戻されていく。

「でもさあ、ちょっとつらかった」

里子は妙に明るい声で言った。

「わたしのことは誰も助けてくれないのに、友梨ちゃんはあの子を助けるんだ、と思った」

息が詰まった。

そう、わたしは里子に手を差し伸べることができなかった。真帆にしたように全力で、里子を襲う運命に抵抗することができなかった。

「ごめん……」

謝って、済むことだとは思わない。ただ、自然にそう言っていた。

里子は振り返った。ぐっとわたしの腕をつかんで、自分に引き寄せた。顔が急に近くなる。

「じゃあ、わたしのことも助けてよ」

「え……？」

「わたしは友梨ちゃんの身替わりになって少年院に行った。前科はつかないけど、友梨ちゃんだって少年院に行くことがどういうことかわかるよね。これからどんな目で見られて生きていくことかわかるよね」

身替わりになってほしいと頼んだわけではない。だが、わたしは魅入られたように動けなかった。

「どうすれば……いいの？」

「うちのジジイを殺して」


今すぐでなくてもいい、と里子は言った。

「今すぐ、ジジイが殺されたら、わたしがやったってバレる。それは困るから、あと半年だけ我慢する。それからふたりで、どうやって殺すか考えよう」

激しい動悸の中、わたしはただこくんと頷いた。

半年もあれば、里子の気が変わるかもしれない。もしくは、里子の祖父はもう七十を超えているから、病気か事故で死ぬかもしれない。

少しの間、猶予はある。逃げ出す方法も見つかるかもしれない。

里子はわたしの耳許で言った。

「わかるよね。友梨ちゃんはわたしを見捨てた。友梨ちゃんが本当のことを話せば、わたしの罪はもっと軽くなったかもしれない。でも、友梨ちゃんは言わなかった」

わたしは深く呼吸をする。

間違いなく、それはわたしの罪だ。

それだけではない。わたしはなぜ、里子が祖父を殺したがっているか知っている。もう何年も前から、なにがあったか理解している。子供だったからなにも知らなかったのだとは言い訳できない。

里子は、「家からも学校からも逃げたかった」と言った。虐待は今も続いているのかもしれない。

今からでも救うことはできるのだろうか。

4

わたしの高校生活は、宙づりになった状態ではじまった。

わたしの首には、ロープが何重にも巻かれていて、それを引っ張られると身体はあっという間に持ち上がり、首つり死体になるのだと思っていた。その端を握っているのは、里子のような気もしたし、もっと違うもののような気もした。

そんな状態で、新しい友達を作りたいとも、高校生活を謳歌したいとも思えない。

志望校には無事、合格することができたが、そのことになんの感慨もなかった。

真帆も、神戸の私立高校に合格した。彼女は、自分にふさわしい人たちと出会い、そこで友達を作り直して、わたしのことは忘れてしまうのだろう。

そう思うと胸が締め付けられるように痛いのに、どこかせいせいするような気もした。

里子が受験し、合格したのは、その地域でいちばん偏差値の低い高校だった。

中二までの里子は、決して成績が悪いわけではなかった。だが、教師がそこしか受けさせてくれなかったのだと里子は言っていた。

一年間のブランクは大きい。しかも少年院にいたのだから、内申書での底上げも期待できない。

わたしは、里子の人生を変えてしまった。

里子に、身替わりになってくれと頼んだわけじゃない。そう自己弁護したい気持ちはあった。だが、里子の言う通り、わたしは自分で警察に名乗り出なかった。自分の罪を背負おうとせず、里子に背負わせたままにしてしまった。

それはどうやっても償えない。

自分の部屋で、勉強机に向かいながら、わたしは里子とわたしの未来のことを考えた。

もし、うまく里子の祖父を殺すことができたとしても、それを隠し通すことができるのだろうか。できなければ、わたしは人殺しになる。

もうすでに、人殺しなのだけれど、他人からもそう呼ばれる人間になるのだ。

父も母も泣くだろう。大学に行ったり、働いたりすることはできるのだろうか。結婚して、子供を持つことは出来るのだろうか。

不思議なことに、「できるかもしれない」と考えても、少しもうれしくはなかった。思い描く未来は、それがたとえどんなにいいものであっても、現実味がなかった。

中学のときは、決して人気者ではなかったけれど、何人かの友達はいた。だが、高校ではわたしは、ひとりで登下校し、ひとりでお弁当を食べた。クラブ活動をしなければならないという学則はあったが、茶道部に名前だけ登録し、一度も部室へは行かなかった。

自宅のすぐ近くの高校だったから、同じ中学から進学した同級生は多かった。だが、誰もわたしに話しかけようとしなかったし、それを見た他の生徒たちも、わたしの存在を無視した。

同じ中学だった人間が嫌っているのだから、友達になる価値もない人間だと思ったのだろう。

わたしも、特に自分から友達を作ろうとも、誰かに話しかけようともしなかった。どうせ手を伸ばしてつかんでも、掌からすべてこぼれ落ちてしまうのだ。ならば、必死になって拾い集める価値がどこにあるのだろう。

わたしの手は汚れているし、これからも汚れ続けていくのだ。

その時期、わたしが唯一話をする同世代の少女は里子だった。

といっても、仲良くなったとはとても言えない。わたしたちが話をするのは、誰にも見られないとわかっているときだけで、誰かがいる場所では目すら合わせなかった。

「わたしたちが結託していると思われない方がいい。そしたら、ジジイが死んでもだれも友梨を疑わない。友梨にはジジイを殺す動機なんてないもの」

里子はそう言った。

ならば、退院してきた時、中学でわたしに話しかけなければよかったのに。そう思ったが、すぐに気づく。あのとき、里子はわたしを自分のいる場所まで引きずり下ろしたのだ。

真帆や、他の同級生たちとわたしの関係も簡単に断ち切ってしまった。笑顔と親しげな態度だけで。

親しみが呪いになることがあるのだと、わたしはあのときに知った。

それでもわたしたちは、ときどきふたりだけで会った。

里子の家に誰もいないことがあらかじめわかっていると、里子はわたしの家の郵便受けにノートを差し込んだ。

それは数学のノートだったり、英語のノートだったりしたが、必ず最後のページに、里子の家が留守になる日時が数字だけで書かれているのだ。わたしは行けるなら、その横に丸をつけて返す。行けないならばバツだ。

両親は、わたしが高校で孤立していることには気づいていなかった。もしかしたら気づいていたのかもしれないけれど、それについてなにかを言ったことはない。

あんなに仲が良かった真帆と、口を利かなくなったことについても、別に心配はしていないようだった。

「最近、真帆ちゃんとは遊ばないの？」

母にそう聞かれたとき、わたしは平静を装って答えた。

「高校別になったし、話が合わなくなって」

「そう、お母さん、やっぱりああいう子好きやないわ。妙に、気取ってるし、東京の子って感じがするわ」

母がそう言ったとき、わたしは泣きたい気持ちで微笑んだ。

わたしは、母がそんなふうに意地悪なことを言うのが嫌いで、耐えられなかったのだけれど、なにかを失うときにはそんな意地悪でさえ、慰めのように聞こえるのだと知った。

里子が郵便受けに差し入れるノートのことも、母は特に気にしていなかった。母が見つけたときも、「授業でわからないことがあるから、ノートを借りたのだ」と言えば、それ以上は問い詰められない。

もし、ぱらぱらとノートをめくってみようという気になっても、ほとんどが英語や数学の公式で占められているのだから、疑いようがない。最後のページの隅にメモのように記されている数字のことなど気づかないはずだ。

ノートをもらうと、わたしはその日時に、誰にも見られないように気をつけながら、里子の家を訪ねるのだ。

両親は働いていて、弟は部活動で毎日遅くなると言っていたから、祖父がいない時間を見計らって、わたしを呼び出しているのだろう。

里子の家を訪ねるのは、ずいぶんひさしぶりのことだった。疎遠になりはじめたのは小学二年生の頃だったから、十年近くきていないことになる。

彼女の部屋には、昔はなかった二段ベッドがあった。下の段には少年ジャンプが投げ出されていた。彼女の弟である、祐介が使っているのだろう。

勉強机はひとつだけ、そこには水着を着た女の子のピンナップなどが貼られている。

里子は、さっさと折りたたみ式のちゃぶ台を出して、その前に座った。

「最悪だよね。中学生の弟と同じ部屋だなんて」

祐介はよく団地で見かける。顔はまだ小学生にも見えるほど幼いが、この一年ほどで背がぐんぐん伸びた。たぶん、百七十センチ近くあるだろう。

里子は、ふふっと笑った。

「まあ、ジジイとふたりで寝かされてたときよりもマシだけどね。でも、今もジジイはこの部屋で床にふとん敷いて寝てる。ベッドから落ちたふりして、頭踏みつぶしてやろうかといつも思う」

里子が吐き出すことばの毒に、背筋がぞくりとする。

「最初はわたしが下に寝てたの。そしたら、夜中に寝ぼけたふりしてベッドに入ってくるから……蹴飛ばしてやっても懲りないし、祐介と替わってもらった。そしたら、そのとたんに寝ぼけたりしなくなって……バカみたい」

なにもわからない頃から、繰り返されていた行為。それがどういうものかまでは知りたいとも思わないし、想像したくもない。だが、里子はなにもわからない頃からずっと傷つけられ続けていたのだ。

「で……どうやって殺すの？」

わたしは、本題に切り込んだ。無駄話をしている時間はあまりない。

里子は頬杖をついてわたしを見た。

「事故に見えるのが、いちばんいいよね。階段から落ちたり、車に轢《ひ》かれたりとか。そしたら、友梨ちゃんが疑われる可能性も低くなるし」

里子の家は四階だが、階段には踊り場がある。いちばん上から踊り場に突き落としたりしても、死ぬ確率は低そうだ。里子は話を続けた。

「窓から身を乗り出して落ちた……とかはどう？　家に他に誰もいなくて、わたしにアリバイがあれば、みんな事故だと思う」

「わたしが、家に入って、お祖父さんを突き落とすの？」

「ジジイでいいよ。あんな奴」

「ジジイ」

そう言ってみると、少しだけ罪悪感が軽くなる気がした。

「合い鍵を作って渡す。友梨ちゃんはうちにきて、ジジイをうまく誘導して、窓の外をのぞかせるの。それから突き落とす」

「できないよ、そんなこと……」

「合い鍵で玄関を施錠したら、それでもう鍵を持っていない友梨ちゃんは疑われないよ」

「でも、里子ちゃんがいないとき、いきなり家にきたら疑われるよね」

「疑わないよ。わたしがジジイに、『今日友梨ちゃんが遊びにくるけど、わたしはちょっと遅くなるかも』って言っておけばいいだけだし、後は友梨ちゃんがうまく、窓を見るように誘導して、そこから突き落とせばいい」

考えただけで手が震える。里子がじっとわたしを見た。

「友梨ちゃんなら出来るよ。だって、原田《はらだ》を刺したじゃない」

原田という名前は、すぐに思い出せなかった。だが、わたしが刺した男はひとりしかいない。

「あれを窓から見てて、すごく驚いた。わたしだって、あんなことなかなかできなかった。頭の中でジジイのことを何度も刺したけど、行動には移せなかった。友梨ちゃんにはできるよ」

ぼんやりとわたしは、里子の顔を見つめていた。

こんな会話を交わしたことが何度もあった。登り棒だとか、雲梯《うんてい》だとかで運動神経の鈍いわたしができなくて、躊躇したり、泣きべそをかいたりしていると、里子が言うのだ。

「友梨ちゃんならできるよ」と。

あの頃、わたしは里子と一緒なら、少しだけ強くなれるような気がしていた。

高校に通い始めた真帆は、驚くほど変わった。

ポニーテールにしていた髪を短く切って、ショートカットになった。顔が小さくて、首が長い彼女は、それだけで驚くほど垢抜けて、美しくなった。

今思えば、都会の美容院に通っていたのだろう。雰囲気まで変わってしまったように見えて、すれ違った瞬間に息を呑んだ。

制服も、わたしが着ている地味なブレザーではなく、セーラー服だった。たまに見かける私服も、これまで着ていたものとは違って華やかだ。

少し襟の大きなレースのブラウス、セーラーカラーの丈の短いシャツ、だぶっとした足首がのぞくパンツ。どれも、梅田や心斎橋に出れば、着ている少女を見かけたが、家の近くでそんな格好をしている女の子は珍しかった。

少し前まで、わたしの親友だった女の子だとはとても思えない。

休みの日は、真っ赤な口紅を塗り、小脇に洋楽のＬＰレコードを抱えていた。

高校が遠いせいもあるのだろう。いつも、友達を連れずにひとりで歩いていた。

中学で、ひとりでお弁当を食べていたときのように、背筋をまっすぐに伸ばして。

そんな彼女を、わたしは美しいと思った。

なぜだろう。今でもそうなのだが、わたしはわたしを愛さない人ほど、高潔で美しいと感じてしまう。

わたしを拒絶する人ほど、正しいのだと思ってしまう。

だからわたしは、その頃の真帆のことが好きだった。もしかしたら、一緒にいたときよりも。

それは梅雨が明け、一気に夏の気配が濃くなったある日のことだった。

その日は終業式で、わたしはまっすぐ家に帰らず、近くにある図書館に寄った。

高校に入ってから、本ばかり読んでいた。友達がいないと、休み時間もすることがない。本さえ読んでいれば、誰とも話をしないことも寂しくはなかった。

わたしの首には、ずっと太くて毛羽立ったロープが巻き付いていたけれど、本の中ではどこにでも行けた。

本の中で、わたしより孤独な人を見つけると、友達を見つけたような気持ちになった。恋が叶う物語よりも、恋を失う物語を読みたかった。誰よりも、孤独で悲しい人に出会いたかった。

小学生のとき、わたしはよく友達とマンガを回し読みしたけれど、当時、友達みんなが好きだったのは、怖い話と泣ける話だった。やっと結ばれた恋人が不治の病に侵されていた、みたいな話は、いくつも似たような本があっても人気で、友達の間でいつも回されていた。

わたしは、悲しい話に惹《ひ》かれる気持ちがよくわからなかった。

恋人が死んでしまう話を読むたびに思った。本当に悲しいのは、誰からも愛されずに死んでしまう人、もしくは、たったひとりを愛しながら、その人には憎まれてしまう人ではないかと。

今でもわたしは、恋人が死んでしまうという話に涙する気持ちが、あまりわからないのだ。

愛した人から愛されて、たったひとときでも一緒に過ごすことができたのなら、それは幸福な話だと思ってしまう。少なくとも、愛し合ったまま失ってしまえば、裏切りも失望も感じることはない。

わたしはもっと孤独な人に出会いたかったのだ。

悲しい人に出会えば、自分なんてまだ恵まれていると感じられるから、そういう人と出会いたいのだろうかと、自問自答してみたこともあるが、それは違う気がした。

わたしは、自分が幸せだと感じたいわけではなく、誰かの魂に寄り添いたかった。そして、わたしが寄り添える相手は、本の中にしかいなかったのだ。

その日、わたしは図書館で、借りる本を物色していた。書架の高いところを眺めていたとき、いきなり背中をどんと強く叩かれた。

驚いて振り返ると、そこには笑顔があった。

見慣れぬ制服を着て立っていたのは、前島アリサだった。

「アリサ！」

「友梨！」

大声をあげた後、そこが図書館であることを思い出した。アリサはぺろりと舌を出した。

ふたりで、閲覧室を出てロビーに向かった。ロビーのソファに並んで腰を下ろす。

「ひさしぶりやねえ……」

ちょうど二年ぶりだ。あの日も夏休み前だった。アリサもそれに気づいたのだろう。少し寂しげな顔で笑った。

「年賀状とか手紙とか、返事しなくてごめんね。でも元気そうでよかった」

「ううん、別にいいよ」

アリサが字を書くことが苦手だということはよく知っている。

アリサも元気そうで、そして笑っていた。そのことに胸が熱くなる。

「友梨は？　佐倉丘高校だよね。その制服」

「あ、うん」

アリサの制服は、はじめて目にするものだ。

「真帆は？　真帆も一緒？」

そう尋ねられて、わたしは一瞬返事に困った。

「真帆は、神戸の私立高校に行ったの。だからもうあんまり会えなくて」

「え？　そうなん？　同じ団地なのに？」

「うん、ときどきは見かけるけどね。真帆も元気そうだよ」

嘘をついたわけではない。団地で見かける真帆は、いつも背を伸ばしてすたすたと歩いている。

「アリサも元気だった？」

「うん、わたし元気だよ」

アリサの声には無理をしているような響きはなかった。昔は、吃音《きつおん》があったが、今ではほとんどわからない。

「今さ、養護学校の高等部に行ってるの。ちょっと遠いけど、毎日楽しいよ」

「そうなんだ」

「うん、みんなわたしよりも難しい障害がある子たちばかりだから、してあげられることがたくさんあるし、みんなわたしを頼ってくれる。そのことがうれしい。お母さんもお父さんも、普通の高校に行ってほしかったみたいやけどね」

アリサは、昔のようにわたしの手をきゅっと握って、もたれかかってきた。その懐かしい重みに、どこか心が痛む。

アリサが幸せなことはうれしいけれど、わたしはもうアリサにとって必要のない人間なのだと感じてしまう。

「友梨は？　友梨は新しい友達できた？」

「うん。佐倉丘高校は、同じ中学の卒業生も多いし……」

わたしははじめて、アリサに嘘をついた。

「そっかあ……わたしはもう南九中の子たちには会いたくないな。あ、もちろん、友梨や真帆は別だよ」

中学の同級生たちの多くは、アリサを自分たちより一段低い存在だとして扱っていた。アリサはそこから逃げ出して、自分の尊厳を取り戻したのかもしれない。

わたしの手の中からは、なにもかもこぼれ落ちるばかりだ。アリサのように自信を持って立っていることなどできない。

わたしは思い切って、言ってみた。

「里子も、もう少年院から出てきた」

「さとこ？」

アリサはきょとんとした顔になった。

「ほら、細尾の彼女だった子」

「ああ……あの子は見てただけじゃなかったの？」

はっとする。わたしはアリサが里子のことを恨んでいるのではないかと思っていた。だが、アリサは彼女のことはほとんど覚えていないようだ。

「別の事件で少年院に行くことになったの」

「そうなんだ。あのあと、南九中の子たちとはほとんど会ってないから」

アリサは、急に寂しそうな顔になった。

「ときどき思うの。理菜子と一緒に、今の学校にきたかったたって。理菜子にも、もっとたくさん友達ができたはず」

「そうだね……」

アリサは、理菜子の死を忘れていない。彼女の死を悼んでいて、彼女の運命を嘆いている。なのに、明るく笑い、今が楽しいと言う。

アリサは、腕時計に目をやった。

「あっ、そろそろ帰らないと。妹をスイミングスクールに送らないといけないんだよね。じゃあ、友梨、またね。今度は真帆も一緒に会おうよ」

「うん、またね」

アリサは立ち上がると、鞄を肩にかけ直して、エントランスに向かった。もう一度振り返って、手を振る。

わたしは、ソファに座ったまま、アリサに手を振った。


またね、と言ったのに、アリサと会ったのはその日が最後になった。

といっても、彼女をなにか不幸が襲ったとかそういう理由ではない。わたしはわたしで、暴風雨のような日々をなんとか生き抜くだけで必死だったし、アリサはアリサで、新しい道を歩き出して、過去など振り返ることもなかったのだろう。

それでも、わたしは折に触れ、この日のアリサの顔を何度も思い出した。

どんなに理不尽な出来事に苦しめられ、世界を恨みたくなったとしても、あの日、アリサが笑っていたことだけで、少しだけ救われる。

もちろん、アリサがそのまま幸福な人生を送ったかどうかはわからない。過度な思い入れを抱かれるのも迷惑だろうから、彼女と再会することがあっても、わたしはその話をしないだろう。

それでも、友達の笑顔を思い出して、世界は思っているほど悪くないと信じることくらいは許されてもいいと思うのだ。


決行は夏休み中に決めた。

普段は、放課後しか自由に使えないが、夏休み中ならば朝から夕方まで自由に行動できる。

祐介は夏休み中も野球部の練習のため、毎日学校に出かけていくし、里子の両親がいないのも普段と変わらない。小学生や中学生は、昼間から団地をうろうろしているから、それだけは気をつけなければならないが、それでも学校に縛られている学期中よりも、動きやすい。

里子は、歯医者に通い始めた。計画では、わたしがジジイを殺すときには、里子は歯医者の予約を入れ、治療を受けている予定だった。いちばん疑われやすい里子には、完璧なアリバイを作らなくてはならない。

里子とふたりで会う日を決めるよりも、決行日を決める方が簡単だった。里子とふたりきりで会うためには、ジジイの外出を待たなければならないが、ジジイがひとりで家にいるのはいつものことだ。

「決行は八月六日にしよう。まだ夏休みは長いから、失敗しても他の方法は探せる」

里子のことばに、わたしは頷いた。

最初、聞いたときにはとても無理だと思われた計画も、繰り返し細部を詰めるうちに、簡単なように思えてくる。たぶん、なにかが麻痺してくるのだ。

わたしはもう未来のことを考えるのをやめた。普通の幸せなどということばに囚《とら》われるのはやめた。

中学に通い、そして今、高校に通っているわたしは、まわりから見れば、普通の高校生に見えるだろう。普通の幸せに見えるものも内側では暴風雨が吹き荒れているかもしれない。

ならば、それが手に入らないからといって、悔やんでどうなるのだろう。

決行を一週間後に控えた七月の終わり、わたしはまた里子の部屋を訪ねた。

ふたりでカルピスを飲み、計画を練り直した後、畳に寝転がって、天井を眺めた。

開いた窓からは、うるさいほどの蝉の声が聞こえてきていた。

「ねえ、友梨ちゃん」

「なに？」

顔だけ里子の方に向ける。彼女の、少し大人びた切れ長の目は、わたしを見ていなかった。

「もし、成功したら、わたしたちもう会わない方がいいよね」

「うん、そうだね」

里子のことばは正しい。成功すれば、わたしたちは会うべきではない。なのに、それを寂しいと感じているわたしがいる。

里子は掌を窓に向けてかざした。

「殺人の時効は十五年。だから、十五年たてば、また会えるよ」

そのとき、わたしたちは三十歳か三十一歳。そんな年まで、自分が生きているのかどうかすらわからない。死んでしまうと考える方が楽な気がした。

二十歳になる前に死ぬと考えれば、人生は明快で簡単だ。だけど、自殺でもしない限りそんなふうに簡単に片付くわけはない。生き延びる可能性の方が高い。

わたしはかすれた声でつぶやいた。

「もし、失敗したら……」

窓から突き落としても、ジジイが死なず、わたしに突き落とされたと証言されてしまったら。もしくは殺すことに成功しても、警察の捜査ですべてがわかってしまえばどうなるのだろう。

「十六歳だから、少年院だよ。わたしと同じ」

里子はそう言い切った。

里子はわたしの罪をかぶって、少年院に行った。だとすれば、失敗してもなにも変わらないのかもしれない。

「わたしが頼んだってちゃんと話すよ。友梨ちゃんもそう言っていいし」

「信じてくれるかな」

「だって、友梨ちゃんがジジイを殺す理由なんて、他にないでしょ。ジジイ、大してお金持ってるわけじゃないし」

だが、ほんの少しのお金のため、殺人を犯した人はたくさんいるではないか。

里子はふうっと息を吐いた。

「ねえ、昨日テレビで、遊牧民の生活をやってたの見た」

「どこの？」

「知らない。ソ連のどこか」

ソビエト連邦という国が広いことは知っていた。その中には遊牧をしている人たちもいるのだろう。地図を見るのは好きだ。この世界にはいろんな場所があって、そのどこかに自分の居場所があるかもしれないと思えるから。

「もし、なにもかもが終わったら、ふたりであそこに行こうよ。遊牧民になって羊の食べる草を探して、どこまでも歩いて行こうよ」

里子の言っていることが、現実味を欠いていることはわかっていた。

だけど、たったひとつの願いくらいは叶ってもいいのではないだろうか。なにもかも終わったら。わたしが逮捕されて少年院に行き、戻ってからか、無事に殺人が成功して、十五年たってからか。

わたしは里子とふたりで、日本を出る。そして見たことのない土地で、羊を追って暮らすのだ。

不思議だった。里子とはもう仲良くなることはないと思っていたのに、気づけばわたしたちは世界にふたりきりだった。十年間、ずっと一緒だった気さえした。

今でも、わたしはときどき、その計画のことを思い出すのだ。

もちろん、それが成功することも、実行に移されようとすることさえなかった。遊牧民になりたいと思ったのはあの瞬間だけで、今、航空チケットと、移住ビザを渡されても困る。

それでも、眠る羊の横で、満天の星を眺めているわたしたちが、どこかの世界にはいるような気がするのだ。

その、二日ほど後のことだった。

夕方から土砂降りの雨になった。傘を持たずに家を出たわたしは、団地の中の本屋で雨がやむのを待っていた。

三年前、真帆と話すようになったのも、この本屋での出会いがきっかけだった。そのことを思い出すと気が重くなるから、高校生になってから、あまりここには足を向けないようになっていた。

高校への通学路に、他の書店があるから、欲しい本はそこで買えた。

夏休みになって、ひさしぶりにこの書店に入って、本を見た。

雨はいっそう強くなっていた。このまま待っているより、濡れても家まで走った方がいいかもしれない。

そう思いながら、ぼんやりと外を眺めていると、入り口の引き戸が開いた。入ってきたのは、真帆だった。店員のおばさんは、店の奥で在庫の整理かなにかをしているから、店にいるのはわたしと真帆だけだった。

わたしは顔を背けた。これまで、団地の中で出会っても、そうやって目をそらして、挨拶すらしなかった。

だが、その日、真帆はまっすぐにわたしの方に歩いてきた。

「話があるんだけど」

「え……？」

ひさしぶりに彼女の声を聞いた。

「誰もいないし、今日はママは遅くなるから、うちにきて。外で話せるようなことじゃないし」

真帆はひどく大人びた口調でそう言った。

「お祖母さんは？」

「介護施設に入ったの。だから今は一緒に暮らしてない」

それは知らなかった。穏やかで、上品な人だった。いつもゆったりとした口調で話しかけてくれた。

「物忘れや失敗がひどくなってきたし、ママとわたしだけじゃ、介護もできないから」

わたしは真帆に促されて店を出た。真帆が傘を持っていたから、入れてもらって歩き出す。

真帆は、今日も赤い口紅を引いていた。男の子のように短く髪を切っているのに、妙に色っぽく見える。

この土砂降りでは、傘を差していてさえ、肩や下半身がずぶ濡れになる。ふたりで一本ならば、濡れてないのは顔と内側に入った肩だけだった。

ずぶずぶに濡れながら、わたしたちは真帆の家に辿《たど》り着いた。

靴の中にも雨が入り、靴下もぐしょぐしょに濡れていた。わたしは玄関先で、靴と靴下を脱いだ。

先に部屋に上がった真帆が、わたしにバスタオルを投げる。

わたしは髪と身体を拭き、濡れた足も拭いた。濡れた靴下は鞄にしまった。

「入って」

いつもきれいに片付いていたはずの台所には新聞が積み重なり、洗ってない食器がシンクに山積みになっていた。

彼女の母親は忙しすぎて、前のように家の中を整える余裕がないのだろうか。もしくは、これまできれいに片付けていたのは、彼女の祖母だったのかもしれない。

「わたしさ、東京に帰るかも」

真帆は、自分の髪をバスタオルで拭きながら言った。

「えっ、だってせっかく、神戸の高校に受かったのに？」

まだ半年も経っていない。

「私学の学費が高いんだって。それでママがパパに養育費の増額を頼んだの。そしたら、パパがわたしを引き取りたいって言い出して……。転入試験を受けて、二学期から転校することになるのかも」

もうすぐだ。あと一ヶ月しかない。

「お母さんは、それでいいって言ってるの？」

「さあ？　ひとりで働いて、お祖母ちゃんの施設の費用とわたしの学費を稼ぐのは難しいって言ってるから、わたしがいなくなればそれはそれでいいんじゃない？」

「そんな……」

「大学は神戸にすればいいとか、大学を卒業してから大阪に戻ればいいって言ってるけど、自分勝手だよね。公立だったら、学費の心配なんてしなくてもよかったのに」

真帆は冷ややかな口調で言った。

祖母が介護施設に入所することになったことが、真帆の母にとって予想外の出来事だったことはわかる。だが、子供はいつも大人の思惑に振り回されてばかりだ。

「真帆は、東京に帰りたい？」

「嫌じゃないよ。東京は好き。わたし、東京で生まれたわけだし。パパのことも別に嫌いじゃない。パパの新しい奥さんも若くてきれいで優しいしね」

だが、真帆の声は少しもうれしそうではない。怒りさえ感じられる。

「大阪にはあんまりいい思い出ないし、東京に帰ってやり直してもいいと思っている」

真帆は、自分を納得させるようにそう言った。

心臓を握りつぶされた気がした。真帆が「いい思い出がない」と切り捨てた時間は、わたしと真帆が一緒に過ごした時間だった。

簡単にひとことで片付けられたことに、悲しみが押し寄せる。

わたしが人を刺してしまったことに、真帆が一ミリも荷担してないとは言えないはずだ。

真帆を守ったとか、真帆のためだったとか言うつもりはない。真帆に言った通り、わたしをあのとき襲った衝動には、里子を守れなかったことの悔恨が深く関係していた。でも、だからといって、真帆が大切でなかったわけではないのだ。

「で、本題だけど」

そう言われて驚いた。話というのは、東京に帰るという報告だと思っていた。

真帆は、わたしの顔をじっと見据えた。

「友梨、日野さんのお祖父さんを殺すって本当なの？」

口をぽかんと開けたわたしの顔がおかしかったのだろう。

真帆は、ぷっと噴き出して笑った。ひさしぶりに見る、彼女の笑顔だった。

「そんなにびっくりするとは思わなかった」

「誰に……誰に聞いたの？」

「日野さん。昨日、会って聞いたの」

どうして、里子が真帆に話すのだろう。人に知られてはいけないことなのに。

「もし、友梨が直前で怖《お》じ気づいて逃げたら、証言してほしいって言われたの。あの原田って男を最初に刺したのは、日野さんじゃなくて友梨だって」

信用されていなかったのだと思うと、里子に怒りを感じた。

だが、すぐに気づく。里子は嘘の証言を頼んだわけではない。里子が、真帆に言ってほしいと頼んだのは、本当のことだ。

わたしは息を深く吸った。

「大丈夫だよ。たぶん、真帆に迷惑はかけない」

真帆は怒りに満ちた顔で、わたしを見た。

「日野さんのお祖父さんを殺すの？」

「うん」

「あの子に脅されたから？　わたし、言わないよ。もし、友梨が逃げても、友梨が刺したんだって絶対に言わない。わたしが言わなければ、みんな友梨のことを信じるよ。だって、日野さんは細尾の彼女だったじゃない」

たぶんそうだろうと思う。わたしは目立たない大人しい人間で、こういうときに無条件の信頼を勝ち得るのは簡単だ。

でも、わたしはそういう世界に荷担することはもうやめたのだ。あつかいやすい子供でいることと、正しいことはまったく違うことだ。

「でも、それは嘘だよね。わたしは原田を刺して、里子がその身替わりになったのは本当だよ」

「だから、脅されて言いなりになるの？」

わたしは考え込んだ。脅されたからいいなりになるわけではない。なぜなら、里子が持っているカードは等価だ。

里子はわたしが人殺しであるというカードを手に、わたしに人を殺させようとしている。それは脅しなのだろうか。嫌ならば、わたしは自分から本当のことを言うことができる。

「真帆には迷惑はかけないから」

「わたし、言うよ！　ママに言って止めさせるよ。あの子が友梨を脅して、人殺しをさせようとしてるって……」

それは困る。わたしは少し迷った。里子の名誉のためには言うべきではない。だが、真帆を巻き込んでしまったのは、里子だ。

「ねえ、どうして里子がお祖父さんを殺したがってるか聞いた？」

「聞いてない。知りたくないよ！」

「同じなの。あの原田って男が、真帆にしようとしたことと、同じことがあったの。しかも里子が小さくて、なにもわからないときに何度も……」

真帆が息を呑むのがわかった。

「里子の家族だって気づいてなかったわけはないと思う。気づいてて、知らんふりをしてたの。わたしも、それを子供のときから知ってたの。それがどういう意味かわからないときから……」

そして、わたしの家族も疑惑を抱きながら、それを無視した。

わたしは、自分が無実だとはとても思えないのだ。

「そんな……ひどい……」

「ひどいと思うなら黙ってて。黙ってたら、真帆にはなんの関係もないことで終わるんだから、口出ししないで」

そして、九月になればもう東京に帰ってしまうのだろう。その後は、もう二度と会うこともないかもしれない。

真帆はしばらく黙っていた。やがて口を開く。

「六日の午後四時だっけ」

わたしは目を見開いた。計画だけではなく、なぜ日時まで知っているのだろう。

「それも、里子に聞いたの？」

「そう。その日は、わたし、家でひとりで過ごすの。そして、もし友梨が疑われたら、友梨と一緒にいたって言うことになってる。だから、友梨も、わたしと一緒にいたことにしていいよ」

里子は、わたしのアリバイ工作も、真帆に頼んだようだった。

わたしは肩を落とした。うまく行っても行かなくても、真帆を巻き込んでしまうことになってしまった。

「疑われないようにする。そしたら、真帆には迷惑はかからないから……」

「そんなこと言わないで」

真帆はきっぱりと言った。

「わたしがいなければ、そもそも友梨が人を刺すようなことにはならなかったし、日野さんが代わりに捕まるようなこともなかった」

それは真帆の罪ではない。

どこまでさかのぼれば、わたしたちは無垢でいられるのだろう。生まれてこなければよかったのだろうか。

だが、そんなことは不可能ではないだろうか。


決行の日の前日は少しも眠れなかった。

その日は、自宅で宿題をするふりをしながら、わたしはじりじりと時計を見つめていた。

やけに暑い日で、なにもしていなくても汗だくになり、何度も着替えて、洗濯機を回した。

三時四十分、わたしは自宅を出た。

里子は四時ちょうどから、歯医者の治療を受けている。団地からは二十分くらいの距離だから、十分ほど早くても里子が疑われることはないかもしれないが、できれば確実にアリバイのある時間の方がいい。

五分かけて、里子の家を訪ね、それから十五分ほどジジイと話をして、ジジイを安心させる。それから「あそこにいるのは里子だろうか」と尋ねて、ジジイを窓際に呼び出して、外に顔を出すように促す。

そして、足をつかんで持ち上げて、ジジイを窓から落とす。急いで部屋を出て、施錠して人に会わないように真帆の家に向かう。

帰りに顔を隠すために、長い髪のウィッグとサングラスは用意した。大人っぽい黒のワンピースを着た。普段はジーンズとTシャツばかりだから、わたしと気づく人は少ないだろう。

ウィッグとサングラスの入ったバッグを持って、わたしは里子の家に向かった。

あの、悪夢のような出来事が起こった公園の前まできたときだった。

重い荷物が投げ出されるような音が響いた。

公園で遊んでいた子供たちの動きが止まる。公園の真ん中に、人が倒れていた。

わたしはその場を動けなかった。まさか、と思った。

里子の部屋を見上げる。窓は開いていた。

まさか、そんなことが。

子供たちが倒れている人におそるおそる近づいていく。

「人が落ちた！」

ひとりの子供が声を上げた。それを聞いた、通りすがりの女性が倒れている人に駆けより、悲鳴のような声を上げた。

「早く！　救急車を！」

団地の別の棟から人が飛び出してくる。

「どうしたの？」

「日野さんのところのお爺ちゃんが！　窓から落ちて……」

嘘だ。そんなはずはない。

それは、わたしがやるべき仕事だ。

里子は、歯医者にいるはずだ。そして、計画を知っている人がもうひとりだけいる。

わたしは振り返らず走り出した。

真帆は家にひとりでいて、わたしのアリバイ工作をしてくれているはずだった。

真帆の家に辿り着き、インターフォンを何度も押す。誰も出ない。返事もない。

階段を駆け上がってくる足音が聞こえて、わたしは勢いよく振り返った。

そこには真帆が立っていた。息を激しく切らせていた。

「……どうして！」

真帆は黙って、家の鍵を開け、わたしを部屋の中に押し込んだ。荒い息を吐きながらしゃがみ込む。

「大丈夫……誰にも見られなかったと思う……」

「どうして！　どうして真帆が！」

真帆は笑いながら立ち上がり、わたしの横の壁に手をついた。

「同じことでしょ」

「なにが！」

「友梨が殺して、わたしが嘘をついてアリバイを作るのも、わたしが殺して、友梨が嘘をついてアリバイを作るのも、成功さえすれば同じことじゃない？　どっちがやったのかなんて、わたしと友梨しか知らない。他の人には絶対わからない」

同じはずはない。同じであるはずはない。

真帆は乾いた声で笑いながら言った。

「絶対、わたしの方がうまくやれる」

5

かすかな喉の渇きを感じ始めたのは、話が中学時代に差し掛かったあたりだ。

彼女が語る状況や風景に覚えがあるのだ。よく考えれば、わたしが住んでいた地域はまわりに団地が多く、クラスの半数以上が団地の子だった。わたしは団地ではなく、別のマンションに住んでいた。

もともと、友達が多い方でもなく、学校では苛められるか、苛められないまでも浮いているかどちらかだった。学校という場所にノスタルジーはほとんどなく、なんとか生き延びられたという印象しかない。

彼女の語る中学時代は、わたしの印象と酷似していた。

荒れていて、校内暴力が多発していたことも同じだ。

背筋がぞっとしたのは、前島アリサの名前を聞いたときだ。前島アリサ。わたしは、その少女を知っている。

一度も同じクラスになったことはない。だが、彼女はわたしの友達と仲がよく、ときどきうちのクラスに遊びにきていた。

会うと手を振って、話をした。気を許した相手には人懐っこく、スキンシップが好きだったこともわたしの記憶と同じだった。

中学二年生になって、起きたあの事件のことも覚えている。皆上理菜子と話をしたことはないが、彼女がアリサと一緒にいるのはよく見かけていた。

彼女の話を聞きながら、記憶を辿る。

目の前の、戸塚友梨という女性には覚えはない。もちろん、中学時代、七組か八組までであった同学年の女の子をすべて覚えている自信はない。もともと、人の顔や名前を覚えるのは、かなり苦手な方だ。

日野里子はなんとなく覚えている気がする。不良グループの男子たちとばかり一緒にいた少女だ。たぶん一年生のとき、同じクラスだった。

坂崎真帆も記憶にはない。顔を見たら思い出すかもしれない。

そして、ひとつの疑問がわいてくる。

今、目の前にいる戸塚友梨は、わたしが中学時代を共有した同級生だと気づいているのだろうか。話しぶりには匂わせるような様子はない。

自分から打ち明けた方がいいのだろうかと思うが、話はどんどん進んでいく。

友梨が真帆を助けるために人を殺し、その身替わりに里子が少年院に行き、今度は里子の祖父を友梨が殺すことになったと思えば、真帆が代わりに殺してしまう。

にわかには信じがたい。だが、そこに出てくる人物の何人かを、わたしは知っている。事件の舞台も、中学校に漂っていた空気もはっきり覚えている。フィクションではないのだ。

日野里子が少年院に行ったかどうかは記憶にない。わたしにとって、里子は同じ学校に通っているというだけで、まったくつながりのない女の子だった。たぶん、同じクラスにいたときも口を利いたことすらないだろう。

わたしは大阪市内の私立高校に進学したし、引っ越しもしたから、当時の友達とはもうほとんど会うことがない。

彼女のことばの真偽を確かめるのも難しい。

戸塚友梨は、話をやめると、グラスの水をひと息に飲んだ。

「疲れた」

そう言うのも当然だ。もう一時間半も話し続けている。

「今日は、ここまでにして、また日をあらためて続きを聞かせてくださっても……」

そう言うと、彼女は身を乗り出した。

「また聞いてくれますか？」

ここまで聞いて、やめるわけにはいかない。この話がどこへ行きつくのかはわからないが、中学二年生のときの暴風雨の中にいたのは、わたしも同じだった。

「ええ、聞きたいです」

そう言うと、彼女は少しうれしそうな顔になった。なにかを言いたげに口を開けて、また閉じる。

「どうしましたか？」

「小説の題材になりそうですか？」

「なるかもしれません。でも、わたしはエンタメ作家ですから、フィクションしか書けませんし、書いている内容が当事者にとっては不愉快なことになるかもしれません」

取材をするのがあまり好きではないのは、それが理由だ。

「かまいません。それと……もし、その場合は謝礼などはいただけるのでしょうか」

ここにきて、ようやく彼女の目的がわかり、むしろわたしはほっとした。

「今は出版不況だし、一冊本が出たときの印税は、たぶんあなたが思っていらっしゃるよりずっと少ないです。多額のお礼などは払えません」

頭の中で、ここの勘定はわたしが払った方がいいな、と思う。

「それでも、もし、売れて映画化とかになったら、何千万という印税が入るんでしょう」

「何千万なんて入ることはないですよ。三十年、四十年前ならまだしも、今は売れっ子と呼ばれる作家でもそんなにはもらっていないと思います。映画化の原作著作権料だって、聞くとびっくりするほど少ないですし、めったにあることではないです。わたしは二十年以上小説家をやってますが、一度もないです」

彼女はがっくりと肩を落とした。

「でも、お金が必要なんです」

「そもそも、そういう目的だったら、わたしに話をされてもご期待には添えないです。もっと売れている作家に話してみては。今日のことは、聞かなかったことにしますし、書くこともありません」

だが、戸塚友梨は首を横に振った。

「いいえ、あなたに書いていただきたいです」

＊

真帆は、八月の終わりに東京に引っ越してしまった。

真帆の母親はその後もときどき見かけたから、母親と別れて、父のところにいったのだろう。

住所は教えてもらわなかった。真帆も住所を渡そうとしなかったし、わたしもあえて聞かなかった。

なぜ、真帆があんなことをしたのかは、わかるようで、わからなかった。里子がなぜ、わたしの代わりに少年院に行ったのかわからないように。

ただ、衝動的な行動だったのか、それとも熟考した末だったのか。

里子の祖父は、頭を強打し、二ヶ月の後亡くなった。

昏睡状態が続いている間、わたしはずっと、細い糸の上を歩いている気持ちだった。

もし、彼の意識が戻って、真帆が告発されたらどうなるのだろう。

真帆が逮捕されたら、わたしはどう行動すればいいのだろう。里子のときのように、ただ黙り続けるのか。真帆を助けるためになにかできるのだろうか。

ただ、わたしは自分のことが少しも信用できないのだ。

あきらかに、自分が刺したことがわかっていた里子のときですら、わたしは口をつぐんで、なにも知らないふりをした。

今回、手を下したのは真帆だ。実際に殺すはずだったのはわたしだが、現実に手を下していないわたしが罪に問われることはない。

自分はたぶん、里子を見捨てたように真帆をも見捨てるのだ。そう思って、胃がきりきりと痛んだ。

制服が、冬服に替わって数日経ったとき、団地の中で里子とすれ違った。一瞬、視線を合わせただけで手を振ることもしなかったが、すれ違いざまに里子が言った。

「ジジイが死んだ。先週葬式も終わった」

その瞬間、全身の力が抜けた気がした。しばらくその場に佇《たたず》んで動けなかったほどだ。

真帆は逃げおおせた。彼女が殺人犯として逮捕されることはないし、わたしはまた卑怯者にならずに済んだ。

真帆に知らせたいと思ったけれど、もう彼女に伝える方法はない。彼女の母親に連絡先を聞く勇気はなかった。わたしは真帆の母親に嫌われている。

真帆は言っていた。

「わたしの方がうまくやれる」と。

だから、離れても堂々としているのかもしれない。わたしのように不安に押し潰されるようなことはないのだろう。

前から打ち合わせをしていたように、わたしと里子はそれ以降、近所ですれ違っても、目を合わすことさえしなかった。

高校二年になる寸前の春休みに、里子とその家族は引っ越していった。

祖父がいなくなっても、四人家族で2DKの団地は充分な広さがあるとは言えないし、しかも姉と弟なのだからずっと同じ部屋で過ごすわけにもいかないはずだ。

わたしは里子に、計画を実行したのは誰なのか、伝えそびれてしまった。どう話していいのかわからないし、真帆が言ったように大きな違いなんてないのかもしれないと思い始めていた。

高校では、ほとんど友達はできなかった。

中学のときほど苛烈な校内暴力も苛めもなく、落ち着いた学校だったから、わたしは毎日学校に行き、授業を受けた。

ただ、ここには自分の居場所がないと感じることは日常で、むしろそのことが当たり前のように感じ始めていた。

いくつか覚えている場面がある。

古文の授業で、先生が読み始めたのが教科書のどこかがわからなかった。よく考えれば、前回の古文の授業の日、わたしは風邪を引いて学校を休んでいた。その間に、教師が教科書のページを大きく飛ばして先に進んでしまったらしい。

わたしは隣の席の女子に聞いた。

「ごめん、どこ読んでいるのか教えて」

彼女は大きく目を見開いた。華やかなグループの一員だったから、わたしに話しかけられたのが信じられないような顔だった。

彼女はひとことも喋らずに、教科書のページだけを見せてくれた。

「ありがとう」

わたしはそう言って、自分の教科書を開いた。やはりずいぶんページが先に進んでいた。

授業が終わると、隣の彼女は真っ先に立ち上がり、自分の友達のところに走って行った。彼女たちはわたしの方を見ながら、こそこそと話して、そして声を上げて笑った。まるで、自分たちに話しかける資格のない人に、話しかけられたとでも言いたげに。

腹は立たなかった。ただ、悲しかった。

わたしが生きているのはそういう世界で、彼女らは自分たちが正しいと信じて、揺らぐことはないのだろう。

ただ、わたしは優しくしてくれた人たちのことより、彼女の冷たい目のことをよく覚えていて、ときどき思い出すのだ。

もう一生会うこともなく、名前すら覚えていないのに。


里子と再会したのは、わたしが大学に進学してからのことだ。

あれほど、重苦しい高校時代を過ごしたのに、大学生になったとたんに、友達ができた。

入学式が終わった後の説明会で、話しかけてきた女の子がいた。高住千晶《たかすみちあき》というその女の子は人当たりがよく、社交的で、あっという間に同じ学科の子たちと仲良くなってしまった。

しかも彼女は、授業や休み時間にわたしの顔を見ると「戸塚ちゃん、こっちおいで」と声を上げて呼ぶのだった。

戸惑いながら、彼女の隣に座ると他の学生たちも話しかけてくる。誰も意地悪なことを言わなかったし、グループも流動的で、その時その場にいる人たちで仲良くするという感じだった。飲み会を断ったからと言って、後で悪口を言われるようなこともない。男子も女子も関係なかった。彼女は留学生にも積極的に声をかけたから、中国や韓国からの留学生もよく一緒に過ごした。

はじめて自由に息ができる場所にきたような気がした。

千晶には友達がたくさんいて、プライベートでまでわたしと一緒にいることはなかったが、学校で千晶がそんなふうに声をかけてくれるおかげで、何人かの親しい友達もできた。

休日は彼女たちと映画を見に行ったり、喫茶店で長い時間どうでもいいおしゃべりに興じたりした。

アルバイトもはじめた。ファミリーレストランのウエイトレスだったが、のろまだと思っていた自分が、意外に仕事ができて、人から頼られるのだということも知った。中学や高校が、すでに遠い昔のことのようだった。

千晶からその誘いを受けたのは、一年生の夏休み前だった。

「戸塚ちゃん、夏休みにディズニーランド行かへん？」

「東京の？」

「そう。葉月《はづき》ちゃんや、篠崎《しのざき》ちゃん、丹《たん》ちゃんも一緒やねんけどな。今、メンバーが四人やねん。ホテルの部屋、エキストラベッド入れたら三人まで泊まれるから、あとひとりかふたり一緒にきてくれると安く上がるんやけど……」

頭数を揃えるために呼ばれたにしろ、誘ってくれるのはうれしかった。友達だけで旅行などしたこともないし、東京にも行ったことがない。

「行きたいなあ」

「行こうよ」

五月からアルバイトをしているから、自由に使えるお金も少しある。わたしは彼女たちと一緒に行くことにした。

予算が少ないから、夜行バスで往復し、ディズニーランド内のオフィシャルホテルに一泊する。もう一泊は新宿近くの安いビジネスホテルに泊まるというプランだった。

丹ちゃんは、中国からの留学生だった。流暢《りゅうちょう》な日本語を喋るが、それでもわたしたちが普通に会話をしているとき、ある単語や言い回しが彼女に通じないことがよくあった。それはいろいろ省略した言い回しだったり、スラングだったり、昔見ていたアニメやテレビ番組を前提とした冗談だったりした。

千晶は、丹ちゃんを積極的に誘うくせに、そういうことには無頓着で、丹ちゃんには絶対わからないような冗談を言っては、自分でけらけらと笑うのだった。そんなとき、それを説明するのがわたしの役目だった。

丹ちゃんが、留学中にディズニーランドに行ってみたいと言い出したのが、旅行の計画のはじまりだった。彼女は交換留学生だから、一年しか日本にいない。

五人で夜行バスに乗り込み、わたしたちははじめての東京を目指した。

夜行バスは嫌な匂いがして、座席が狭く、とても快適とはいえなかったけれど、走りながらカーテンを開けて外を見ると、高速道路の灯りが、どんどん後ろに飛び去っていくのが見えた。

夜の中をバスは走っていた。過去に起こった悲しい出来事や、重苦しい記憶もバスの速度に紛れて、夜の中飛び去っていくような気がした。

後になって思えば、あのときわたしは幸せだったのだと思う。

狭い箱に押し込められているようだった十代も終わりに近づいていた。大人になった自分はどこにでも行こうと思えば行けるのだと思った。

こんなふうにバスを乗り継いで、夜の中をどこまでも走り続けて。

朝、到着してすぐ、ディズニーランドに入園し、フリーパスで遊び倒した。夏休みだから、二時間待ちのアトラクションもあったが、みんなで騒いでいると時間はすぐに過ぎ去った。

夜は二部屋に分かれる予定だったが、結局はひとつの部屋に集まって、深夜二時までお喋りをした。疲れた人から、もうひとつの部屋に行って眠り、最後に残った三人はベッドに入り、眠気で意識がぐずぐずになるまで話し続けた。

翌朝、元気な千晶に起こされ、わたしたちは五人で朝食会場のレストランに降りていった。

ビュッフェで好きなものを皿に盛りつけ、椅子に座ったとき、かすかに視線を感じた。

顔を上げたとき、一瞬息が止まるかと思った。

斜め前のテーブルに座っているのは、間違いなく里子だった。

もともと大人びた顔立ちをしていたが、ばっちりとメイクをした彼女はわたしよりも、五つは年上に見えた。

足を組んで、吸いかけの煙草を指に挟んでいた。

目が合うと、彼女はぱっとわたしから、目をそらした。前に座っている男にひどく色っぽい顔で笑いかける。

もうわたしの方を見ようとはしない。これは話しかけるなということだ。

急に自分が子供になった気がした。里子は男性とふたりでこのホテルに泊まっている。間違いなくデートだ。

彼女の目には、女子五人できゃあきゃあ騒いでいるわたしなど、子供っぽく映るだろう。

急に、楽しかった時間が色あせていく。わたしは意識から里子を追い出そうと、オレンジジュースをひと息に飲んだ。

ちょうどそのとき、里子の前に座っていた男が立ち上がった。なにかビュッフェに取りに行くのだろう。

その顔を見たわたしは、息を呑んだ。

そこにいたのは細尾だった。


罪もない人を遊び半分で殺しても、数年で自由になる。もちろん、少年院だから、刑務所よりはずっと短い期間で外に出られるのかもしれない。

だが、どうやっても納得できない。彼は遊びで理菜子を殺したのだ。まるで物みたいに、蹴飛ばしたり、殴ったりして。

なのに、里子はまた細尾と一緒にいる。たぶん、付き合っている。ディズニーランドのオフィシャルホテルにいる男女二人連れは、ほとんどが恋人同士だろう。

身体が震えた。食欲はすでに失《う》せていた。

葉月若菜《わかな》がわたしの顔をのぞき込んだ。彼女はいつも、人の様子に気づくのが早い。

「どうした？　戸塚ちゃん」

「ううん、なんでも。ちょっとはしゃぎすぎたかな」

「チェックアウト十二時だから、それまで部屋で休んだら？」

「うん、そうしようかな」

「じゃあ、ランチの場所決めて、そこで再集合する？　しんどいようなら、ひとりで新宿のホテルに移動してもいいよ。十四時からチェックインできるはず」

若菜の実家は北関東なのに東京ではなく、大阪の大学に進学して、ひとり暮らしをしていた。そのせいか、彼女はわたしたちよりもずっと大人びていた。

「そこまでしんどくないから、午前中ちょっと休めば大丈夫」

「じゃあ、ランチどこで食べるか決めようか」

千晶が園内のマップを広げる。カフェを決めて待ち合わせをすることにした。

顔を上げたとき、里子と細尾がテーブルから立ち上がるところだった。里子は鋭い目でわたしを一瞥《いちべつ》し、細尾の腕に、自分の腕を絡めた。

思わず下を向いてしまった。自分がなにに傷ついているのかもよくわからない。だが、わたしは傷ついていた。里子に腹を立てていた。

「部屋にもう戻る？」

また若菜に聞かれた。わたしは首を横に振って、皿の上のクロワッサンを口に押し込んだ。

篠崎響子《きょうこ》が小さい声で言った。

「さっき、斜め前のテーブルにいたカップル見た？」

「見た。ちょっとガラ悪そうで大阪っぽかったー」

千晶がそう言うのを聞いて、緊張が少しほぐれた。千晶の勘は鋭い。

響子の声がもう一段低くなる。

「男の方、さっきビュッフェで隣にいたんだけど、シャツの腕からちらっと刺青《いれずみ》見えたよ。怖くない？」

「えー、怖い！」

たしかに細尾は夏だというのに、長袖のシャツを着ていた。

「ヤクザとその情婦？」

「ああいう人もディズニーランドくるんだね」

わたしは紅茶のカップにコーヒーフレッシュを流し込んで、スプーンで掻き回した。

わたしは知っている。彼らはわたしと同い年で、同じ中学だった。

細尾のことは許せないと思っているけれど、里子とは子供のときはずっと一緒で、距離ができてからも気持ちが通じ合う瞬間はあったのだ。

自分が宙ぶらりんになった気がした。大学の友人たちの優しさには嘘はないけれど、彼女たちから遠く離れてしまったようだった。


朝からディズニーランドで遊ぶ友達と別れて、部屋でひとりになる。

急にどうしようもなく、寂しくなった。

友達と一緒にはしゃいでいられるのは、一時だけだ。彼女らはわたしが人を殺したことがあるなんて知らない。

彼女たちとわたしは、徹底的に違うのだ。

もし、あのとき、あのふたりが中学のときの同級生だと話したら、みんなはどんな顔をしただろう。

そして、里子もわたしから目をそらした。再会を喜ぶそぶりも見せなかった。そして、細尾と一緒にいた。

ベッドに倒れ込んで、目を閉じた。

世界が自分に優しくしてくれるような気がしたのは、ほんの短い期間だけだった。

知っている。この世界がそんなに優しいはずはないし、たとえ優しくても、わたしはそれに値しない。

その感覚にわたしは慣れすぎていたのだ。


十一時頃、わたしは荷物をまとめて、部屋を出た。フロントでチェックアウトをして、荷物を預ける。待ち合わせには時間があるが、ひとりでパーク内をゆっくり散歩してみたかった。

たとえ、悲しい気持ちでいても、祝祭の空気の中をひとりで歩けば、少しは気が晴れるような気がした。友達に会う時間までに、表面だけでも明るく笑えるようになっていたかった。

せっかくみんなで旅行にきているのに、わたしだけが塞《ふさ》ぎこんでいては、みんなに悪い。

身軽になって、ロビーを通り抜けようとしたときだった。

「友梨」

いきなり名前を呼ばれた。その声の持ち主が誰かは、すぐにわかった。

里子はロビーのソファに座っていた。ストッキングと高いヒールを履いた足を組み替える。

わたしは立ちすくんだ。彼女の側に、細尾がいないかどうか確かめる。

彼がいないことがわかると、わたしは彼女に近づいた。

「ひさしぶり、もしかして東京に住んでるの？」

「ううん、まだ大阪。家は出たけどね」

里子の声は昔と変わらない。そのことに少しほっとする。

「友達は？　一緒じゃないの？」

「先にパークで遊んでる。後で合流する」

わたしはまだかかとの高い靴など履いたことはなかった。今日も靴下とスニーカーだ。化粧だって、色つきのリップクリームくらいしかつけたことはない。

「大学に進んだの？　それとも短大？」

「大学……」

わたしが答えると、里子は鼻から息を吐いた。

「だよね。いかにも女子大生の集団って感じだった」

わたしは驚いて、里子の顔を見た。彼女はわたしから目をそらした。

里子のことばには、たしかに棘《とげ》があった。なのに、それを口にした里子の方が傷ついているように思えた。

こんなに大人っぽく、きれいになり、恋人と一緒にホテルに泊まっている彼女が、なぜ傷つくのだろう。

ドラマやマンガでは、いつも恋人を連れた女性が、女だけで群れている集団を馬鹿にしていた。そして女の集団は、恋人連れの女に嫉妬するのだ。だが、現実はドラマなどより、ずっと複雑で入り組んでいる。

「楽しそうでなにより」

里子は、ふふんと笑った。

わからなかった。里子が傷ついているように見える理由も、そしてわたしがそう感じてしまう理由も。

わたしは口を開いた。

「細尾くんと一緒なんだね」

「悪い？」

「悪くないけど」

だが、彼は遊びで理菜子を殺した人だ。それだけではなく、中学のときはキレると手がつけられなくなっていた。あの暴力性は抑えられるようになったのだろうか。

「結局さ、一度レールから外れてしまうと、もう戻れないんだなと思ったよ。歩《あゆむ》とわたしは同じようなタイプの人間だし」

細尾の名前をひさしぶりに聞いた。

「わたしはそうは思わない」

最初に人を刺したのはわたしだ。里子は現実から逃げ出すために、それを利用しただけだ。

「今、なにしてるの？」

そう尋ねると、里子は怪訝《けげん》そうにわたしを見上げた。

「なにって？」

「働いているの？　それとも専門学校とか」

大学に行っていないだろうことは、さきほどの会話で想像がついた。

里子はまた鼻で笑った。

「働いてるよ。わたし、高校も途中でやめたから。働くしかない」

どうして、と尋ねようとして、わたしはその疑問を呑み込んだ。

一度レールから外れてしまうともう戻れない。さっき彼女が言ったことばで、少しは推測できる気がした。

「ま、お水だけどね。話すの好きだし、けっこう向いてると思う」

それならばいい。彼女が今、苦しい思いをしていないのならいい。

彼女は足を組みかえて、ソファの背もたれに身体を預けた。わたしはその隣に座った。

「若いうちに働いてさ、お金貯めて、四十代ぐらいになったら田舎でいいから古い一軒家買いたいなあ。そこで柴犬飼って、畑で農作業して暮らすの」

三年前、彼女は遠くの国で羊飼いをしようと、わたしを誘った。

そのときより、夢はずいぶん現実的になっている。今の華やかな彼女には、あまり似合わない夢だが、その夢ならば、頑張れば叶うだろう。

「いいね」

細尾は、彼女と一緒に田舎で農作業をするのだろうか。彼女の夢に、もうわたしの居場所がないことは少し寂しかった。

里子はやはり里子のままだった。たとえ、雰囲気が変わっていようとも。

里子はあたりを見回した。そして声をひそめる。

「でも、友梨には感謝しているよ。ジジイをやってくれたから」

一瞬、背筋に冷たいものが走った。

これはフェアじゃない。わたしは里子に感謝されるようなことをしていない。

「あのね……、あれはわたしじゃない」

「え？」

「わたしが部屋に行く前に、ジジイが窓から落ちたの。どうしてかはわからない。わたし、驚いて……家に逃げ帰ってしまった」

真帆がやったと言うつもりはなかった。わたしだって見たわけではない。真帆がやったかどうか、断言はできないのだ。

「うそ……、なんでそんなことが？」

「だから、わたしに感謝なんてしなくていい。あれは本当に事故だったから」

里子はしばらく黙っていた。彼女が信じてくれるかどうかはわからない。こんな話、わたしですら信じられないと思う。だが、真帆がやったと言っても、信憑性がないことには変わりはない。

里子は少し口を歪めた。

「もしかして、天罰かな」

「そうかも」

エレベーターのドアが開いて、細尾が降りてきた。里子が立ち上がり、彼の方に歩いて行く。

細尾はちらりとわたしの方を見た。腕を組んで歩いて行くとき、細尾の声が聞こえた。

「誰？　あれ？」

「昔、近くに住んでた子。偶然会った」

苦笑する。細尾は特に可愛くもきれいでもない女子のことなんて、気にも留めないし、記憶にもないのだろう。

里子が好きになったのだから、彼にもいいところがあるのかもしれない。

理菜子を思い出すと、彼のことを許すことは絶対にできないけれど。


大人に近づくと同時に、少しずつ自由になった。

自分でお金を稼ぐこともできるようになったし、電車やバスの長距離チケットを買い、遠くまで行けるようにもなった。

好きな映画をひとりで見に行くこともできるし、コンサートに行ったり、舞台を見に行ったりもできる。

小学生のわたしや、中学生のわたしと比べて、間違いなく大学生のわたしの方が幸せだ。

それでも、子供のときのように無軌道に夢を遊ばせることはできない。

自分が美しくなることも、多くの人に愛されることもないということは、もう知っている。

見知らぬ土地で羊飼いになることはない。宇宙旅行に行くこともない。いきなり才能を発揮して音楽家になることもないだろう。

できることならば、わたしは静かに生きていたかった。誰かを傷つけることもせず、傷つけられることもなく、ほんの少しの友達といくつかの愛するものを胸に抱いて。

里子が田舎の一軒家で犬と暮らすならば、わたしは海辺の街に移り住み、そこで音楽を聴いたり、本を読んだりして過ごしたい。

そして、晴れた日には、ひとり海沿いをただ歩くのだ。

それすら、現実離れした夢だということに、当時のわたしは気づいていなかったのだ。


大学に入ってから、家にいる時間はだんだん短くなっていた。

両親とも、短い会話しかしない。食事はバイト先のまかないで食べたり、友達と一緒に食べたりすることが増えた。ちょうど、父の残業も増え、帰りが遅くなったこともあり、家族三人で食卓を囲むことは、週に一度か二度だった。

夏の終わり頃だったろうか。宿題のレポートをやるため、その日は珍しく早めに家に帰った。

自室に荷物を置いてから、お茶でも飲もうと台所に向かう。テレビを見ていた母がわたしを見た。

「友梨、さっき真帆ちゃんから電話があったよ」

「え？」

母親の口から出た名前に、わたしは戸惑った。

「今、大阪にきてるんやって。お母さんのところにいるから、また電話するって」

真帆の祖母はすでに亡くなり、母親はこの団地から引っ越していた。

「電話番号聞いておいてくれなかったの？」

「だって、またかけ直すって言ってたから」

当時は今のような携帯電話など、まだ普及していなかった。みんな胸を焦がして、家の電話が鳴るのを待っていた。長電話をすると家族に怒られた。携帯電話が普及しはじめるのは、もう少し後だ。

その日の夜、電話はかかってきた。夜九時、友達の家に電話するのにも遅すぎない時間だ。

わたしは飛びつくように受話器を取った。

「もしもし！」

「友梨？」

「真帆なの？」

もう会えないかもしれないと思っていた。声を聞くと胸が熱くなる。

「今、大阪にいるの？　会えない？」

電話がかかってきたのだから、当然会えるものだと思っていた。

だが、電話の向こうで真帆はしばらく黙りこくった。

「どうしたの？」

「友梨、どうしてあの子に喋ったの？」

「え？　あの子って……」

「日野里子」

「里子になにを喋ったって……」

問い返そうとして、わたしは息を呑んだ。

里子は気づいたのだ。自分の祖父を殺したのが、わたしではなく真帆だということに。

計画を知っていたのは、わたしと、わたしのアリバイ工作をするはずだった真帆しかいない。わたしが殺していないのなら、殺したのは真帆だと。

「絶対に許さないから。あんな子に話すなんて……」

「話してないよ！」

「じゃあ、なんで彼女が知ってるの？」

たぶん、里子は何らかの形で真帆に近づいたのだ。そして疑惑を確かめようとした。かまをかけたのかもしれない。そしてそれに真帆は引っかかってしまった。

真帆は泣きそうな声で言った。

「お母さんの言うとおりだった」

「どういうこと？」

「あんな子たちとつきあったら、ろくなことにならないって」

冷たい水を浴びせられたような気がした。

反論したいと思ったのに、喉が震えるだけで声にはならなかった。

わたしが、里子に話したようなものかもしれない。よけいなことさえ言わなければ、里子は気づかなかったはずだ。里子は頭のいい少女だった。わたしが殺したのでなければ、真帆だと感づいてしまった。

事故だとか天罰だとか、そんな戯《ざ》れ言《ごと》は信じなかったのだろう。天罰が本当にあるのならば、もっと早く里子の祖父に襲いかかってもいいはずだ。

「脅されたらどうしてくれるの？」

「脅された？」

「脅されるかもしれない」

つまりまだ、脅されていないということだ。

里子はそんなことしないと思う。そう言いかけてわたしは口をつぐんだ。里子が子供の頃の里子のままかなんて、わたしにはわからない。彼女は細尾の恋人でもある。

「もし、里子がなにか言ってきたら、わたしが殺したって言うよ」

「今さら、遅いよ！」

真帆が里子の祖父を殺す理由などない。きっと言い逃れることはできるはずだ。

真帆は思いもかけないことを言った。

「あの子、わたしの服のボタンを持ってた。家に落ちてたのを見つけて、友梨のだと思って隠してたって。あれが証拠になるかもしれない」

真帆は涙声で話し続けた。

「あのボタンがついた服を着ている写真もあるの。家にあったのは処分したけど……林間学校のとき着てたから。学校のアルバムに」

つまり、里子は推測だけではなく、物的証拠も持っているということだ。

「絶対に許さない。許さないから」

頼んだわけではない。真帆が勝手にやったことだ。

だが、それはあの中二の冬の出来事も同じだ。真帆を助けるために、原田という男を刺した。真帆はそんなこと頼んでいない。

わたしは無事に切り抜けることができて、真帆が切り抜けられないとしたら、わたしはいったいなにをすればいいのだろう。

真帆は低い声で言った。

「もし、あの子が脅迫してきたら、今度は友梨があの子を殺して」

そのことばには少しの現実味も感じられなかった。

6

少しわたしの話をしよう。

小説家になって二十年以上が経つ。

ひとり暮らしで、老犬がいる。近くに母が住んでいる。ときどき犬を母に預けて旅に出る。喘息《ぜんそく》の持病はあるが、おおむね健康だ。

友達は少なく、ごくたまに会うだけだ。だが、それが自分に合っている。

わたしはもう小説家として生きた時間と、そうでなかった時間では、小説家だった時間の方が長い。小説家でなかった時間のほとんどは子供だった。

仕事をして、家事をして、犬の散歩に行き、よく寝る。映画や演劇を見るのが楽しみだ。

多くの人が小説家という職業に、どんなイメージを抱いているかはあまりぴんとこない。

芸能人の友達が多い人もいる。毎日のように飲み歩いている人もいる。おしゃれなタワーマンションに住んでいる人も、書庫のある一軒家を建てた人も、驚くほど狭い部屋に住み続けている人もいる。

結論を言うと、人それぞれだ。

わたしは駅から遠いへんぴな場所の、普通のマンションに住んでいる。室内は広いが、不便さと引き替えに手に入れている広さだ。

下戸だからお酒を飲み歩くこともないし、犬がいるから出かけても早く帰る。電車もバスも早い時間に終わってしまうが、慣れてしまえばたいしたことではない。

ただ、地味だ。毎日、小説を書いて、週に一度か二度、お芝居か映画を見に行く。波瀾万丈でもないし、刺激も少ない。派手だとはとても言えない。

小説家と言うと、ほかにどんなイメージがあるだろう。

ドラマなどに出てくる小説家の中年女性は、扱いにくかったり、気むずかしかったりすることが多いが、そもそも派手な仕事をしている中年女性そのものが、そういうイメージを抱かれやすいような気がする。

わたしが、気むずかしいか、扱いにくいかは、自分では判断できない。そうはならないようにしたいとは思っているが、かといって、御しやすいと考えられるのも面倒だ。

経験上、多少扱いづらい人間だと思われている方が、快適に日常生活を送ることができる。女は特にそうだ。

優しい友達が、踏みつけにされたり、いいように扱われているのを、嫌になるほど見てきた。わたしはあまりそういう目にあったことがないところを見ると、それなりには面倒くさい人間なのだろう。

自分の性格で、はっきりと言えることは、人間に対する愛着が薄いということだ。友達同士でも、恋愛をしても、あまり他人に固執することがない。

友達関係ならば、この愛着の薄さは、よい方に働くことが多い。誰かになにかを押しつけることが比較的少なくなり、ひとりの友達と会う回数が少ない分、関係をこじらせることもあまりない。

だが、恋愛では最悪だ。

気になる相手でも、わざわざ一歩を踏み出すことが難しく、嫌いではない相手からのアプローチがあってもあまり乗り気になれない。

なんとか付き合うところまで行っても、そこで継続させることが難しい。困難を乗り越えてまで一緒にいたいとはあまり思えない。

まあ、さすがに四十も半ばを越えると、そんな機会もなくなるが、だからといって、寂しいともあまり感じない。

ときどき、自分はなにかが欠けているのではないかと思うことがある。

二度目に、戸塚友梨と会ったのは居酒屋で、彼女の話を聞きながらも、自分の話をしてしまった。

戸塚友梨は、首を傾げてしばらく考え込んだ。

「気持ちはわかります」

それを聞いて、驚いた。彼女はわたしとは正反対の性格だと思っていたからだ。

日野里子にも、坂崎真帆にも、ただの友達にしては過剰すぎるほど思い入れを持っているように見えた。

彼女は続けていった。

「いつも失うことを考えてしまうからじゃないですか？　小説家の人は想像力が豊かだから、いつも終わりを考えてしまうんじゃないでしょうか」

どきりとした。そんな簡単に片付けないでほしいと思う一方で、それは間違いなくわたしのある部分を言い当てていた。

なにひとつたしかなものなどない。

今、目の前にあるものもいつか失ってしまうかもしれない。だから真摯《しんし》でいたいと思うこともあれば、同じ理由で別れを意識してしまう。

そして、その人がわたしの前から立ち去ってしまうと、どこかでほっとするのだ。もうわたしは、その人を失う心配をしなくていいのだ、と。

失うことを考えるなと言うのは、わたしに呼吸をするなと言うようなものだ。

彼女の指摘が正しければ、わたしは愛着が薄いのではなく、人一倍他人への執着が強いのかもしれない。

＊

真帆との電話をどう言って切ったのかは、どうしても思い出せない。

心臓が破裂しそうなほど激しく鳴っていた。しばらく電話の前で立ち尽くしていると、母がのんきな声で尋ねた。

「真帆ちゃん、なんだって？」

母は真帆のことが気に入っているようだった。彼女は、都会的で清潔感があって、頭がよく、大人に好かれるタイプだった。わたしがいまだに不思議に思っているのは、母が好意を持っている人に対しても、家の中やわたししか聞いていないところでは、意地悪や失礼なことを平気で口にすることだ。真帆の両親が離婚したことを母はよく口にした。

それが本音だと言ってしまえばそれまでだが、そういうことばを聞くたびに、自分もどこかで同じようなことを言われているのではないかと思った。

そして、実際言われているのだろう。

真帆の母親は、あからさまにわたしを嫌っていたし、真帆から彼女がなにを言っているかも漏れ聞いていた。

だが、さすがにさっき聞いたことばはショックだった。

――あんな子たちとつきあったら、ろくなことにならないって。

「里子ちゃんに会ったって。そんだけ」

リビングではテレビがついているし、声はひそめていたから、わたしと真帆との会話は聞こえていないはずだ。

たぶん、父は鈍感だからまったく気づいてはいないはずだ。

母ならば、なにかわたしの異変や、ストレスに少しは気づいていたのかもしれないと思うことがある。

気づいていても、思春期の難しい時期だからと思って触れようとしなかったのか、もっと恐ろしいことに気づいていたのに、どうすることもできなかったのか。

今になって思えば、尋ねておけばよかったかもしれない。

もう母はこの世にはいない。気になっても尋ねることはできない。そもそも、わたしも自分のことは覚えているが、母になにかが起こっていたとしても気づかなかったし、どの時期、両親がどんなふうだったかなんて大して覚えていない。

選んで一緒にいるわけでもないのだから、家族なんてそんなものかもしれない。

自室に戻ってから気づいた。

真帆の連絡先を聞きそびれた。もっとも聞いても教えてくれなかったかもしれない。

里子の連絡先も知らない。わたしはベッドに倒れ込んだ。

今、大学で一緒に過ごしているみんなのことは好きだ。そして、全員ではないにしろ、近しい人たちがわたしを好きでいてくれることは疑っていない。

だが、わたしは心のどこかで壁を作ってしまっている。壁の内側にいるのは、里子と真帆だけだった。

あの嵐のような中学時代を共有したふたりと、もう電話もできないことはどうしようもなくつらい。

ただ、真帆が言ったように、里子が真帆を脅したとしても、わたしは里子を殺したりはしない。里子が、真帆からなにか奪おうとしても、それに協力することはない。

心臓の鼓動はまだ全力疾走した後のように激しかった。わたしは自分に言い聞かせる。

落ち着け、ここにあることをすべて受け入れろ、と。

悔やんだり、嘆いたりするのは、すべてが終わってからでも遅くない。大事なのは落ち着くこと、動揺しないこと。

まだ二十年も生きていないけれど知っている。起こってしまったことはもうどうすることもできない。

問題に直面しているときには、ただ落ち着いて、起こってしまったことを受け入れて、そこからどうするか考えなくてはならない。

最善を選ぶことなんて簡単にはできない。

だから、せめても最悪だけは避けたいのだ。


その後、真帆から電話がかかってくることはなかった。わたしが次に真帆に会うのは十年以上も後のことだった。

大学を卒業し、わたしは東京に本社がある書店に、正社員として入社した。当時は、バブルが終わりかけて、就職氷河期に移り変わろうとしている時期だった。

わたしは、要領よく内定をもらったが、苦労しているクラスメイトは何人もいた。

父は、わたしが選んだ就職先に不満を持っているようだった。「大学まで出したのに」何度もそう言った。

時代は変わりはじめていた。両親の世代が選んだような仕事や、得ていた収入をわたしたちはもう得ることはできない。少ない椅子を必死で取り合わなければならない。

もちろん、後になって思えば、わたしたちの世代はまだ恵まれていた方だし、夢もあった。クラスメイトのうち何人かは、アルバイトの道を選んだ。

当時はまだ、焦って正社員にならなくても、若いうちはアルバイトで働き、そのうちどこかの会社の中途採用を狙うという考えも、さほど非現実的とは思われていなかった。フリーターということばが、使われはじめた頃だ。

大学時代を一緒に過ごした千晶もスーツを着て就職活動することや、毎日満員電車に乗って出勤することが自分に合わないと言いきって、アルバイトをしながら、コンピューターの専門学校に通っていた。その後、丹ちゃんを頼って中国に行き、北京の語学学校に行くようになった。

彼女のようにすぐに人を好きになり、相手にも好かれる人間は、どこにでも居場所を作れる。

北京で働きながら、向こうで中国人の結婚相手を見つけ、今ではふたりの子供の母親だ。

篠崎響子は、大学時代から付き合っていた恋人と結婚し、専業主婦になった。実家に帰った葉月若菜とは、もう連絡を取ることもない。

あんなに楽しい時間を過ごした大学の友達とも、卒業してしまえばめったに会うこともない。それでももう一度出会えば、また笑いあって話ができると確信できるのはなぜだろう。

里子と真帆と、嵐のような時間を共有したように、大学の友達とわたしは恣《ほしいまま》な若さを共有したのかもしれない。それは、就職してからの同僚とは決して共有し合えないものだ。

たとえ、もう会うことがなくてもその時間に出会えたことに価値がある。そういう友達もいるのだ。


その仕事先を選んだのは、本が好きだったからという理由だけでなく、転勤が多いという話を聞いたからだ。

父は、わたしが東京で就職したいというと、猛烈に腹を立てた。

「嫁入り前の娘が、ひとり暮らしするなんて絶対に許さない」

それを聞いたとき、理不尽だと思うより、ただおかしかった。

いったい、この人はわたしのなにを知って、なにを管理しているつもりなのだろう、と。あなたの娘はすでにひとり、人を殺していますよ。そして、もうひとり殺そうとしていたのですよ、と。

誰かがそう教えたら、父はどんな顔をしただろう。

結婚をするかどうかなどわからない。しなかった場合、わたしはずっとこの家にいるのだろうか。きっとある程度の年齢になれば、父はわたしが家にいることを恥ずかしいと言うようになるのだろう。

わたしは父のそのことばに反論せず、ただ速やかに行動を開始した。

家を出ること。この閉塞感が漂う団地から逃げ出すこと。里子も真帆もいない団地にはなんの未練もない。

不思議だった。幼い頃は、団地は広く、どこまでも続いているような気がしていた。団地の中には、なにもかもがあった。今はそうではない。

わたしの体感というだけではない。

以前、団地の中にあった食料品店はわたしが高校生のときに店じまいをした。団地の外に大きなスーパーマーケットや生協ができたから、なくなっても困りはしない。

真帆と出会った書店も、数年前にシャッターを下ろしてしまった。わたしは、三ヶ月間もそれに気づかなかった。

毎日帰りは遅かったし、本は学校の生協や、行き帰りに駅前書店で買うようになっていた。

寂しいとは思わなかった。わたしが見捨てたものを、他の人も同じように見捨てたというだけのことだ。

なくなったことを惜しむ権利があるのは、見捨てなかった人たちだけだ。

人にも変化があった。子供の多かった団地から、少しずつ子供が減っていった。引っ越していったというわけではなく、子供がみんな大人になり、新しい子供が増えなかったのだ。

子供の頃、優しいおばさんだと思っていた隣人の江口さんは、わたしがアルバイトで遅く帰るところを見るたび、「彼氏でもできたの？ 遊んでばかりいたらあかんよ」などと言った。口許は笑っていたが目は笑っていなかった。

彼女がなにを邪推し、どんな妄想を抱いているかは、口に出さなくてもなんとなくわかった。

大人など信用できない。自分が気の向いたときだけ子供を管理しようとするが、結局、本当に子供を助けたいと思っている人などほとんどいないのだ。

なぜ、里子はずっと誰にも助けを求められなかったのか。真帆はどうして団地内で襲われなければならなかったのか。

それに答えられる人が、大人のふりをすればいい。

わたしはここから出て行く。誰も止めることはできない。

娘が東京で就職することには反対しても、就職した会社が別の土地への転勤を命じれば、父のような人間はそれに反対することはない。

最初の三年間は、家から通える店舗で働いた。四年目にわたしは、福岡にある店舗への転勤を命じられた。

四月からの勤務なのに、それを知らされたのは三月も半ばだった。友達に別れを言う時間も、好きな場所との名残を惜しむ時間もなく、わたしは大急ぎで大阪を立ち去った。

真帆や里子がまた電話をかけてくるだろうか、と一瞬思ったが、両親はこの団地に残る。彼女たちがわたしに連絡したいと思えば、いつでもできる。

知らない土地で、しかもたったひとりで暮らすのははじめてのことだったが、福岡の街そのものはすぐ好きになった。

繁華街にある店舗から、歩いて十分ほどの場所に部屋を借りられたのもよかった。通勤ラッシュに悩まされることもなく、休日も散歩のように街に出て映画を見ることができる。劇場もあり、演劇を見ることもできた。

大阪の郊外に住むよりも、福岡の中心部に住む方が、都会的な生活をしているような気になれた。

そこで四年。その次は、大阪の南、関西空港の近くにある店舗に異動になった。実家から通うとなると、二時間以上かかるから、ここでもひとり暮らしをした。

環境は田舎になったのに、大阪のベッドタウンだから、家賃は跳ね上がった。本当を言うと、少し福岡に戻りたくなった。

だが、ここでなら大学のときの友達とすぐに会えるし、休みの日に、大阪市内で遊ぶこともできる。海が近く、自転車で海を見に行けるところと、飛行機が間近で見られるところも好きだった。

そこで、わたしははじめて恋をした。相手は同じショッピングビルの警備会社で働いている、三つ年上の男性だった。

最初は、挨拶や、お天気の話からはじまった。そのうちに、彼は会うたびに冗談でわたしを笑わせようとした。わたしはおなかを抱えて笑った。

ハンサムというわけではなかったが、背が高く、柔和な顔立ちをしていた。いつの間にか、話しかけられることが楽しみになった。

それから映画に誘われた。映画を見た後、食事をした。ショッピングビルの定休日に会うようになった。

何度かデートをした後、夜の滑走路が見える展望ホールで「つきあってくれる？」と聞かれた。「もうつきあってるっぽいよね」と答えると、彼はわたしにキスをした。

少しだけブランデーを飲んだ後のような、ふわふわした気分が続いた。

わたしにはわかっていた。酔いがすぐに醒めるように、この恋もそう遠くない時期に醒めるのだ、と。

醒めた先も、この人と一緒にいたいと思えるといい。わたしは二十九歳で、もうすぐ三十歳だった。二十代ではじめての恋をするくらいなのだから、この先、何度も恋をすることはないだろう。

やっと見つけたものなのだから、大事にしたいと思った。

かすかな引っかかりはいくつもあった。つきあいはじめてすぐに、わたしを「おまえ」と呼んだこと、足が太いことやお尻が大きいのをからかうこと、自分の方が年上なのに、何度もわたしのことを「もう若くない」と言ったこと。

でも彼は自分の気持ちをはっきり口に出す人で、そこが好きだった。わたしのことを何度も好きだと言ってくれた。食べたいものや、行きたいところもはっきり口に出す。父は機嫌の悪さを煙幕のように張って、家族をコントロールするようなところがあったから、わたしは彼のその明快さを愛おしいと思った。

その気持ちは今でも変わらない。彼は決して悪い人ではなかったし、憎んでもいない。酔いが思ったより簡単に醒めてしまい、醒めた後もふたりでいたいと思わなかっただけだ。

はっきりと覚えていることがある。

テレビ番組で、ムスリムの人たちがどういうものを食べ、どういうものを避けるかという話をしていた。この先、ムスリムの観光客が増えたときに、どう対応していくかという話だった。

彼はテレビを見ながらつぶやいた。

「でも、イスラム教の人が日本までくることなんてめったにないだろ」

「多くはないかもしれないけど、でもこれから増えるかもよ」

たしか、神戸にモスクがあった。住んでいる人だっている。

「だって、イスラム教の国って日本から遠いだろ？」

「そんなことはないよ。中国にもイスラム教の人がいるし」

そう言うと、彼はきょとんとした顔になって、次に笑いはじめた。

「おまえ、アホやなあ。中国がイスラム教なわけないだろ。中国は……えーと、仏教だ。孫悟空の三蔵法師はお坊さんだろ」

そうではない。中国にも、イスラム教の人たちは住んでいる。そう言おうとしたが、おもしろそうに笑い転げている彼を見ると、面倒くさくなってしまった。

この人は、自分の知識と、わたしの知識が食い違うと、頭からわたしが間違っていると決めつける。彼が専門家で、わたしが不勉強な素人ならばまだしも、自分がよく知らないことに関してもそうなのだ。

その次の週、彼の友達と一緒に食事をした。彼は笑いながら言った。

「友梨のやつ、中国がイスラム教の国だって言うんだぜ」

みんなが笑った。

そうではない。わたしは中国にもイスラム教の人がいると言っただけだ。だが、そのことばは、わたしがバカであることの証明として、テーブルの上で楽しく弄《もてあそ》ばれた。

彼の友人が笑いながら言った。

「じゃあ、友梨ちゃん、アメリカは何教の国？」

わたしも笑顔で答えた。

「ユダヤ教かな？」

どっと笑い声が起こった。皮肉だと気づいた人は誰もおらず、みんなわたしが無知だということを楽しんでいた。

バカだと思われれば、愛される。可愛がってもらえる。少し生きやすくなる。

でも、その代わり、わたしは人だと思われなくなる。

ここで、中国にもいくつもモスクがあり、二千万以上のイスラム教徒がいるということを丁寧に説明すれば、ただ無知なわけではないことはわかってもらえる。だが、同時に、空気を読まないノリの悪い女だとも思われるのだ。

そして、可愛くないのは、もう若くないからだとあとでまた笑われる。

どちらも面倒で、同じ面倒ならば、黙ってやり過ごす方がいい。

そう考えてしまう自分のことも、わたしは好きになれそうもなかった。


三年後にまた転勤を命じられた。今度は東京だ。

彼に話すと、当たり前のように言われた。

「仕事やめるんだろ？　東京なんて行かないだろ」

わたしは少し考えた。仕事をやめて、大阪に残り、彼と結婚するのだろうか、と。それは割に合わない賭けのような気がした。

少なくとも、仕事先はわたしのことを評価してくれていた。東京の本店は、認められた社員かもしくは新人しか配属されないと言われていた。

わたしは彼に尋ねてみた。

「わたしと結婚する気はあるの？」

それは意地悪な質問だった。わたしの方にその気があったとは言えない。だが、彼がどれだけわたしのことを真剣に考えてくれているのか知りたかった。

彼はぎょっとした顔になった。

「いや、それはまだ俺ももうちょっと仕事頑張って、給料上がってからのことだけどさ……というか、そういうこと女の方から言うなよ」

わたしは笑った。

「そうやね。ごめん」

彼は悪い人ではない。だが、わたしは仕事を捨ててまで、彼と一緒にいたいとは思えなかった。

今の仕事がそこまで好きだというわけではない。本に囲まれていることは楽しいが、立ちっぱなしの上力仕事も多く、腰痛も抱えている。お給料だってそんなにいいわけではない。それでも、わたしは自活する力を手放したくはなかった。

今の仕事をやめ、大阪でまた就職先を探して、一から評価を積み重ねるよりも、今の職場にいる方がずっといい。

わたしは転勤の準備を着々と進め、その次の土曜日に彼に東京に行くことを告げた。

彼はことばを失った。わたしがそんな決断をするとは考えてもみなかったようだった。

「長距離で付き合うってことか……?」

「でも、たぶん定休日も変わるし、しょっちゅう戻ってくるのは無理だと思う。実家がこっちだからときどきは戻るけど……」

わたしはもう彼とのつきあいをあきらめかけていた。

彼はごくりと唾を飲んだ。

「もし、結婚しようって言ったら、仕事をやめて残ってくれるか？」

わたしは少し笑った。

不真面目なわけでも、意地悪なわけでもない。わたしがもう少し歩み寄れば、この人とやっていくこともできるかもしれない。

でも、せめてそれは先週言ってほしかった。そうすればまだ考え直すことができたかもしれない。決めてしまってから、それを提示されてもなにか違う。

「ごめんね。そういうことやないから」

彼は泣きそうな顔になり、そしてしばらく泣いた。

もう別れることは決まっていても、彼のこの素直なところは好きだと思った。

東京に住むのは簡単なことではない。

東京は夜の遅い街だから、店の閉店時間も遅くなる。しかもこれまでのように店の近くに部屋を借りることはできない。家賃補助はあるが、家賃の高さはそんなものでは帳消しにならない。

わたしは、これまでとは比べものにならないほど狭い部屋を借りた。

持っていた本も好きなものだけ残して捨てたし、気に入っていた三人掛けのソファも小さなダイニングテーブルと椅子も捨てた。

もうわたしの部屋を誰かが訪ねるようなこともないだろう。

小さなワンルームに、ベッドと小さな本棚だけを置いた。

ビルばかりで、近くには公園もなかった。海からも遠いし、たとえ足を伸ばしても東京の海は美しいとは言えないだろう。

なのに、なぜか不思議なほどその部屋は居心地がよかった。

自分が小さな砂粒になったような気分になった。ひとりになった孤独と、解放感と、ここでのたれ死んでも、誰もわたしのことを気にとめないのではないかという寂しさ。どれも自分にふさわしい気がした。

都会はいつも華やいでいて、楽しげな人たちがたくさんいる。友達もいなかったし、ひとりで都心に出かけるのは気後れしたけれど、それでも通勤の途中、都会を感じるのは楽しかった。

高級なスーパーをのぞいてみると、見たこともないおしゃれな食材があふれていた。そこでなにもかも買うことはできないが、ときどき珍しいお菓子や、エスニック食材を買ってみることはできたし、そういうことが気晴らしになる。

なにより、東京の夜が好きだった。

光にあふれていて、二十四時間営業の喫茶店やカラオケボックスもいくつもあり、そしてなにより他人に無関心だ。

わたしは東京の夜に紛れる砂粒のひとつになる。誰もわたしをすくい上げようともしないし、知っている人に会うこともない。

遅くまでやっているバーや喫茶店で、読書をし、レイトショーの映画を見た。東京を目指す人、東京に留まる人が多い理由がよくわかった。

もしかして、自分には転勤生活が向いているのかもしれない。行った場所どこでも、小さな楽しみを見つけることができた。

職場で、相性の悪い人がいても、期間限定だと思えば、うまくやることができた。

たぶん、それはなにかをあきらめることに似ているのだろうけど。

そうやって、二年を過ごした。

恋もしなかったし、友達も作らなかった。ただ、自由だった。

それだけで自分が不幸ではないと信じられた。

十二月のその日は早番だった。

仕事を終えてエプロンを外し、ロッカーから鞄を取り出して携帯電話をチェックした。

ただの癖だ。職場以外での友達を作らないから、めったに着信はない。

だが、出版社の営業からメールが届くこともあるし、書店員同士の飲み会や親睦会などもある。違う店舗の同僚から、情報が届くこともある。

友達を作らなくても、仕事を真面目にしようとすれば、自然と人とのつながりは生まれてくる。

その日は、母からのメールが届いていた。

「真帆ちゃんから、電話がかかってきたよ。今、東京にいるって言ったらびっくりしてたから、携帯の電話番号教えておいたよ」

一瞬、息が止まった。わたしは大きく深呼吸をして返信した。

「わかった。ありがとう」

「東京に行ったのに、真帆ちゃんに連絡しなかったの？」

その母の質問には答えなかった。普段は鞄にしまう携帯電話をコートのポケットに入れて、わたしは自分の部屋に帰った。

映画を見に行こうかとも思っていたが、そのまま帰ることにする。電車に揺られながらも、ずっと携帯電話のことばかり考えていた。

なぜ、真帆が今になって電話をかけてきたのだろう。いいことだろうか。悪いことだろうか。

まさか、今頃になって里子が真帆を恐喝しようとしているとは思えない。いくらボタンが証拠になるといっても、そのボタンが部屋に落ちていたという里子の証言が、どこまで重視されるかはわからない。

ずっと黙っていて、今さら警察に届けても、相手にされない可能性の方が高い。やるならば、早いほうがいい。

ひさしぶり、また会いたいね、という話ならどんなにいいだろう。もしそうなら、わたしは今が幸せだと思える。

友達がいなくても、恋人と別れて、新しい恋の気配すらなくても。

ちょうど、家に帰り着いたときに、電話が鳴った。わたしは携帯電話を耳に押しつけた。

「もしもし？」

「友梨？」

懐かしい真帆の声だった。声は少しも変わっていない。

「うん、わたし。元気？」

「まあまあね。今、東京に住んでるってお母さんから聞いたけど」

「うん、そう。職場の異動でね」

「ひとり？　結婚とかは？」

「してない。ひとりだよ。真帆は？」

真帆は少し口ごもった。

「わたしは結婚した。女の子がひとりいる」

「そうなんだ。お母さんだね」

なぜか少し置いて行かれたような気分になった。わたしも真帆も三十四歳になった。十六歳のときから会っていないから、彼女がその後どんなふうに生きてきたのか知らない。

なのに、里子と真帆はずっとわたしの側にいるような気がしていた。

十九歳の里子を知っているのに、記憶の中の里子は、中学の制服を着ていた。

今、電話の向こうにいる真帆は、そこからわたしの知らない道を歩んでいる。真帆がわたしのことを知らないように。

真帆が言った。

「ねえ、ちょっと会えない？　休みはいつ？」

「えっ、今週？　木曜日が休みだけど」

「平日なんだね」

「販売職だからね」

真帆はなぜか黙った。沈黙がしばらく続いた。

「どうしたの？」

「やっぱり、用件を今言う。それで会うかどうかは友梨が決めて。その方がフェアだから」

真帆がなにを言おうとしているのかわからず、少し戸惑った。

「今、わたし困ってるの。その……夫がわたしに暴力を振るう。今は暴力そのものは落ち着いているけれど、わたしの携帯もチェックするし、行動もいちいち監視される」

わたしは息を呑んだ。

「それって、DVっていうやつ……」

「そう」

「たしかそういうシェルターがあるんじゃ……」

「一度逃げ込んだけど、連れ戻されたの。あの人、ものすごく口がうまいから、職員とかも騙されて……」

「ご両親に相談しても駄目？」

「駄目だよ。父は今の奥さんの言いなりだし、今の奥さんはわたしを嫌ってる。お母さんとはもう長いこと連絡をとってないし、こんなことで頼りになる人じゃない」

「なにかわたしにできることがあったら……」

そう言っても知識も経験もない。これから本を読んだり、ネットでなにかを調べて、いいシェルターを探すことや、身を隠すためのお金を貸すことならできるが、他になににができるだろう。

真帆は声をひそめた。

「ねえ、友梨」

「なあに」

「もし、わたしが夫を殺してと言ったらどうする？」


木曜日、約束の一時ちょうどに、自宅のインターフォンが鳴った。

真帆の姿を、カメラで確認し、オートロックを解除する。部屋の鍵を開けて、そのまま待つ。

ドアが開いた。真帆が玄関に立っていた。三歳くらいだろうか。小さい女の子の手を引いている。

「すぐにわかった？」

「うん、少し迷ったけど。駅からも思ったより近かった」

「その代わり狭いけどね」

残業をして終電で帰ることもある。駅からあまり遠くなくて、道が明るいことは住居の大事な条件だ。

真帆は相変わらず美しかった。すっと伸びた背筋と長い首も昔のままだった。二十代といっても充分通るだろう。長い髪を無造作にコームでまとめているのが自然で、よく似合っていた。

ただ、コートにもセーターにも毛玉ができていて、おしゃれだった彼女らしくなかった。生活が苦しいのかもしれない。

わたしは、女の子の顔をのぞき込んだ。

「お名前は？」

彼女が少し恥ずかしそうに、真帆の後ろに隠れた。

「依子《よりこ》。来月で三歳」

真帆にはあまり似ていないようだった。

「連れてきて大丈夫なの？」

「他に預かってくれる人がいないから。大丈夫。まだ三歳だから、ここにきたこともすぐに忘れてしまう」

今さら、わたしと真帆の関係まで警察に調べられることはない。真帆はそう言った。

「もう何年も会っていないし、電話も公衆電話からかけてる。絶対に友梨が疑われることはないよ」

真帆は、じっとわたしを見た。

「ねえ、覚えてる？　友梨はわたしを助けてくれた。中二のとき。あのときのことをずっと考えてる。わたし、友梨にちゃんとお礼を言ってない。それどころか、ひどいことを言って、絶交をした。謝らないといけないと思ってた」

もし、このとき、真帆が里子の祖父のことを恩に着せて、わたしに殺人を犯させようとしたなら、わたしはもう少し躊躇したかもしれない。

だが、真帆はそう言わなかった。

胸が熱くなる。これまでの時間も距離も消えてなくなった気がした。ずっとそのことばが聞きたかった。

「たぶん、わたし、里子に嫉妬してた。友梨があんな行動に出たのは、ずっと里子への罪悪感があったからだってわかったから。友梨はわたしを、わたしだけを助けてくれたと思っていたのに」

真帆は膝の上の依子をぎゅっと抱きしめた。

「でも、あのとき、友梨がわたしを助けてくれなかったら、わたしは殺されていたかもしれない」

もし、殺されることまではなかったとしても、性犯罪に遭うことは人生を変えてしまうことだ。

実際に、狙われたのはわたしではなかったのに、わたしですら、あれから世界は少しも安全でないと知ったのだ。

引っ越しをするたび、安全な環境を選び、部屋が狭くなろうが、家賃が高くなろうがオートロックで、なるべく高層階を選ぶ。

無性に腹が立った。

真帆がまた魂を殺されようとしている。苛烈なDVで殺される女性もたくさんいる。

真帆は、ポケットから鍵を差し出して、わたしの前に置いた。

「これは、自宅の鍵。合い鍵を作ったわけじゃなくて、入居したときにもらった予備だから、ここから辿《たど》られることもない」

わたしは息を吐いた。

「でも、わたしは非力だから、男性を殺すのは大変だと思う」

「彼はお酒が好きだから、家に置いてある焼酎のボトルに眠剤を入れておく。友梨は鍵を開けて入って、ぐっすりと眠っている彼を、刺すなり、首を絞めるなりして殺して、鍵を開けたまま出ていけばいいだけ。もちろん鍵は、家に置いてね。その日、わたしは依子を連れて実家に帰る。近所の人に挨拶したりして、顔も見せておく」

一度も会ったことがなく、恨みもない人を殺す。そんなことができるのだろうか。

そう考えて気づく。わたしは原田を、真帆を守るために殺した。彼のことは知らなかったし、今もよく知らない。

真帆は、里子の祖父をわたしのために殺している。彼女は里子の祖父に恨みなどなかったはずなのに。

部屋を重苦しい沈黙が支配する。

真帆がすがるような声で言った。

「あいつさえいなくなれば、わたしは逃げ回らずに済む。逃げ回っている限り、まともに働くこともできない。ずっと怯えていなければならない。そんなのはもう耐えられない」

その男さえいなければ、逃げ回ることなく、今いる場所でやり直すことができるのだ。

真帆が殺すわけにはいかない。真帆が犯罪者になれば、依子がひとりになる。

わたしは口を開いた。そして尋ねる。

「決行はいつ?」

「いつでも。友梨の都合がいい日に。彼は今働いていないから、いつでも家にいる」

彼女の夫が家にいないとか、予想外の出来事が起こったときだけ、真帆が公衆電話から、わたしの携帯電話に連絡する。

「わたしが、もし決行できなくなったら?」

「それは大丈夫。わたしはそのまま家に戻るだけだから」

アリバイ作りをするだけだから、その日、行けなくなっても連絡はいらないと真帆は言った。

「人にじろじろ見られたとか、覚えられそうな出来事があったりした場合も、そのまま帰っていいから。後でわたしの方から連絡する」

「わかった」

住所と地図の書かれた紙を受け取る。

自分の決断が正しいのかどうかはわからない。たぶん間違っているのだろう。それでも真帆を救うことすらできないのなら、わたしになんの価値もないと思った。

「もし、成功したら、わたしの方からは絶対に連絡しない。友梨も連絡してこないで」

「わかった」

友達を助けると同時に、友達を失う。

そういえば、里子とも似たような会話をした。遠い昔だ。だが、上手く切り抜けられれば、何年後かにまた会うことはできるだろう。

わたしは、ローテーブルに腕をのせて、真帆の顔を見た。

「成功して、何年か経って、わたしが疑われなかったら、また会おう」

真帆は頷いて、笑った。

「三人で、どこかに行きたいね」

依子も含めてということだろう。

「友梨はどこに行きたい？」

そう言われてもすぐには思い浮かばない。わたしは考え込んだ。

「散歩しながら、いっぱい喋りたい。これまでのことを」

真帆は天井を見上げて笑った。

「いいね。わたしもたくさん喋りたい」


約束の日、わたしは遅番だった。店のシャッターを下ろし、夜間金庫に売り上げを収め、事務所を施錠して、退勤した。

あえて、ICカードでなく、真帆の家までの切符を買った。

鞄の中には、指紋をつけないための白手袋と返り血を浴びたときのための着替えが入っている。刃物は、台所にあるものをそのまま使うつもりだった。

うまく行けば、終電までに帰ることができるだろうし、無理ならば歩けるところまで歩いて、ビジネスホテルやカラオケボックスで朝を待てばいい。

本当は早番の日にしたかった。だが、うちの店では、休日の前日はだいたい遅番のシフトだ。翌日の予定は空けておきたかった。翌日、動揺せずに出勤して、仕事をすることは難しいだろうし、もしかしたら犯行に失敗して、怪我をしている可能性だってある。

地下鉄を乗り継ぎ、これまで降りたことのない駅で降りる。

地図を握りしめて、歩いているとき、たとえようもない恐怖が押し寄せてきた。もし、真帆が嘘をついていたらどうなるのだろう。

これから殺される人が、暴力など振るわない男性で、真帆がただ、保険金などを目当てに殺人を計画したのなら。

だが、真帆がわたしを騙すだろうか。わたしは真帆が人を殺したと知っている数少ない人間である。真帆とわたしと里子の三人だけしか知らないはずだ。

わたしは自分に言い聞かせる。真帆は嘘などついていない。

騙されてもかまわない。もし、わたしが里子の祖父を殺して、そしてそれが露見したのなら、高校を卒業してから今までの穏やかな時間はたぶん存在しなかった。

二十分以上歩いただろう。わたしはようやく目的のアパートを見つけた。木造の古い二階建てアパートだった。

わたしは階段を音を立てずに上がって、白手袋をはめ、目的のドアに鍵を差し込んだ。

鍵はかちりとまわった。

軋《きし》むドアをゆっくりと開けた。部屋には灯りもテレビもついていた。畳の真ん中で男が座卓に突っ伏して寝ていた。よく太った男だった。座卓の上には焼酎のボトルとグラスがあった。カーテンは閉まっていた。

台所に行って、包丁かナイフを探す。シンクに、大きめの包丁が投げ出してあるのは、これを使えということだろうか。

わたしはそれを持って男に近づいた。顔を見る勇気はなかった。

わたしは彼の首にそっと手でふれた。とくとくという脈を感じる。なにも考えないようにして彼の首に包丁をつき立てた。壊れた配水管のようなごぷっという音がして、喉と口から血があふれ出した。

たぶん、朝までに出血多量で死ぬだろう。びくびくと痙攣《けいれん》する男をそのままに、わたしは焼酎のボトルと、グラスに残った酒をシンクに流した。水も流して、シンクに残らないようにする。

鍵の指紋を拭って、念のため男の手に軽く握らせた。それをタンスの上にそっと置く。

窓の鍵も開けた。財布でも持ち出した方が窃盗犯の犯行に見えやすいかもしれないが、もうその余裕もなかった。一秒でも早く、ここを逃げ出したかった。

ドアをゆっくり閉め、階段を降りた。足がガクガクと震えて、まっすぐ歩くことさえ難しかった。

急がなければ終電に間に合わない。だが、走って怪しまれるのも避けたい。ひたすら、早足で、駅に向かった。

ようやく、駅に辿り着いたのは、終電が発車する寸前だった。アルコールの匂いに満ちた最終電車に乗り込んで、わたしは大きく息を吐いた。

ドアが閉まって、電車が動き始めた瞬間、わたしは信じられないものを見た。

駅のホームに、真帆が立っていた。彼女はわたしと目が合った瞬間、ひどく優しく微笑んだ。

7

しばらくわたしは凍り付いていた。

なんとか空いた座席に座り、呼吸を整える。心臓が破裂しそうだった。

なぜ、真帆があの駅にいるのだろう。彼女はアリバイを作らなければならないはずなのに。

家に帰らなければならない理由ができたのだろうか。だが、だったら電話をかけてくるはずだ。

わたしは携帯電話を開いて、着信がないか確かめた。誰からも電話はない。携帯電話を握っている手が小刻みに震えていることに気づいて、手をそのままポケットに入れた。

都心に向かう最終電車は逆方向と違って、空いている。乗客が少ない分、不審な行動を取れば、人の記憶に残ってしまう。

地下鉄は少しずつ遠ざかっていく。わたしが殺した見知らぬ男から。もう戻れないし、どうすることもできない。彼はあの部屋で血にまみれて死んでいく。そう考えると、また身体が小刻みに震え出す。冬でよかったと心から思う。薄着の季節よりは、震えていることがわかりにくいはずだ。

真帆は嘘をついていたのかもしれない。

真帆の夫は、ただ酒好きなだけの善良な男で、彼女は保険金を得るためにわたしに夫を殺害させたのかもしれない。

わたしはぎゅっと目を閉じた。もしそうだとしても、真帆にアリバイが必要なことには変わりはない。

なぜ彼女は地下鉄の駅にいたのか。しかも、すべて予定通りみたいな顔をして、わたしに笑いかけたのか。

わからないことばかりで、悲鳴を上げたくなる。泣きながら、誰かに助けを求めたくなる。

だが、すぐに気づく。わたしが縋《すが》れる相手などどこにもいないのだ。

両親とは、半年に一度ほど会うだけで、普段は電話すらしない。恋人ともとうに連絡を取っていない。

真帆に頼られたとき、わたしはようやく誰かとつながれた気がした。失われたものを取り戻せた気がした。今はただ混乱するだけで、そんな実感などどこにも残っていない。

駅に到着すると、隣で居眠りをしていた中年男が唐突に起き上がり、駅を確認することもせずに電車から降りた。

彼は何度もこの地下鉄の終電に乗り、何度もこの駅で降りてきたのだろう。そう感じさせる仕草だった。

わたし以外の人たちは、みんな日常を生きている。わたしだけがそこからはじき飛ばされている。

昨日まで自分は東京の夜に紛れた砂粒のようだと思っていた。今となっては、そんなふうに思えていた時間が懐かしく思えるのだ。

ようやく家に帰り着いて、シャワーを浴びた。

手袋を鋏《はさみ》で細かく切り裂いて、生ゴミと一緒にゴミ袋に入れた。コートも服も靴も捨ててしまうつもりだった。だが、なにもかもゴミ袋に放り込んだら怪しまれるかもしれない。今日は血のついた手袋だけを捨てて、あとは少しずつ始末していくことにした。

もう疲れ切って、指一本も動かしたくない。

ベッドに倒れ込む。身体が重すぎて地球の裏側まで沈んでいきそうだ。

こんな感覚はどこかで覚えがある。

記憶を手繰《たぐ》り寄せて、思い出す。あの中学二年生の夜だ。真帆を助けようとして、男の腹に包丁を突き立てた。

そう気づくと少しだけ気持ちが楽になった。

明日の朝、警察がわたしを逮捕するために呼び鈴を鳴らしたとしても、わたしはただあの晩に戻るだけなのだ。

近づいてきた眠気に身をまかせながら思った。

あそこからやり直せば、もう少しいろんなことがうまくやれるだろうか。


翌日は昼過ぎまで眠ってしまった。

起きてからも、誰かがインターフォンを押すことはなかった。

真帆からの電話もない。彼女が駅にいた理由を問いただしたかったが、わたしは彼女の連絡先を知らない。うまく行けば、もう連絡はしないという約束だった。

だが、なにもかも終わったなんて思えない。

せめて、駅で真帆の顔さえ見なければ、もう少し穏やかでいられたはずなのに。

真帆は殺人容疑で警察につかまってしまったのだろうか。もし、そんなことになれば、依子はどうなってしまうのだろう。

恐ろしくて、新聞もテレビも見られなかった。

ダチョウは、怖いことが起こると砂に顔を埋めてなにも見ないふりをするというのは本当だろうか。もし本当なら、わたしはダチョウの気持ちがよくわかるのだ。

＊

そこまで話すと、戸塚友梨は、大きく息をついた。そしてつぶやく。

「疲れた」と。

疲れるはずだ。時計を見ると、彼女が話し始めてから三時間は経っている。わたしは完全に聞き役に回っていたから、彼女はほぼひとりで話し続けていた。

ふたりとも烏龍《ウーロン》茶を二、三杯と、何皿かの料理を頼んだだけだった。居酒屋にしてみれば、あまりいい客ではない。

彼女は、すっかり氷の溶けた烏龍茶を飲み干した。

「なにか頼みましょうか？」

「いえ、もう結構です」

そう言って彼女は黙り込んだ。わたしもしばらくは、皿に残った料理を片付けることに専念した。

ちょうど店員が皿を下げにきたので、熱いお茶を頼んだ。

「わたしの話おもしろかったですか？」

「ええ、とても興味深かったです」

お世辞ではない。なぜ、真帆が駅にいたのか。彼女が殺した男はいったい誰なのか。

謎はいくらでもある。

「小説になりますか？」

「さあ……それは……」

ここから自分なりに事件の結末をつけるというのなら、挑戦することはできる。だが、これはミステリクイズの出題編でもなんでもない。

「小説にはできるけど、たぶんそこにはわたしの主観や、読者を惹きつけるためのアレンジが入ります。当事者が気に入るようなものにはならないと思いますよ」

小説は暴れ馬みたいなもので、書き手にすら制御できないことがある。安易に引き受けることはできない。

彼女がことばにした時点で、事実は少しずつ変質しはじめている。それをわたしが呑み込んで、小説として吐き出すことはできても、たぶんそれは彼女の思っていたものと違うだろう。

わたしは、運ばれてきたお茶を一口飲んで考えた。

ならば、なぜ、わたしは彼女の話を聞き続けているのだろう。

彼女がわたしに聞いてほしいと言ったから。だが、わたしは自分がやりたくないことは、理由をつけて遠ざける人間だ。なのに、また彼女と次の予定の相談をしているのは、彼女の話が聞きたいからではないのだろうか。

彼女たちの話の結末を。

戸塚友梨はここにいて、湯飲みで両手を温めている。少なくとも、この物語が最悪の結末に至ることはない。

もちろん、彼女の人生は、わたしに話し終えた後も続いていくのだけれど。

*

時計のアラームで目を覚ます。

アラームを止めて、渋々ベッドから起き上がり、顔を洗う。歯を磨き、食パンをトーストして、スライスチーズと玉葱のピクルスをのせて食べる。レンジであたためた牛乳に、インスタントコーヒーを溶かして、化粧をしながら飲む。

髪は後ろでひとつにまとめ、デニムパンツとセーターを着る。コートといつもの鞄を持って出勤する。

スタンプで押したように、変わらない日常が続いていく。

まるで、あの日だけ、別の世界に紛れ込んでしまったようだ。

洋服も靴も少しずつ捨てた。コートもよく着ていたものだったから、あれを着ようと思って、クローゼットを開けてから、捨てたことを思い出した。

欠けたピースだけが、あの一日が存在していた証拠だった。

真帆から連絡はない。わたしは真帆の連絡先を知らない。

中学の友達を辿っていけば、知っている人を見つけられるだろうかと考えたが、あの中学で、わたしがいちばん真帆と仲がよかった。

真帆は、団地にいた同世代の子たちとも、あまり関わりを持っていなかった。連絡先を知っている人がいるとは思わない。

真帆とのつながりは完全に途絶えてしまっている。

わたしの携帯電話にかかってきた電話も、公衆電話からのものだった。こちらから連絡するには、あの家を訪ねるしかない。

さすがにその勇気はないし、道順を書いた紙も捨ててしまった。もともと、道を覚えるのは得意ではない。地図もなしに行ける気がしない。

夢だったらいいのに、と何度も思った。

自分が人殺しになったことを悔やんでいるわけではない。わたしは遥か昔からずっと殺人者だった。

あの男が暴力を振るい続ける夫などではないのだとしたら罪悪感はある。

だが、その罪悪感はひどく薄っぺらい。真帆がわたしを騙していたのではと考える方が、息が詰まり、動悸がした。

たぶん、このわたしの罪悪感の薄さが、すべての原因なのだろう。

一度、サイコパスに関する本を読んだことがある。魅力的だとか、口がうまいというようなところは当てはまらなかったが、罪悪感を覚えないという部分が、胸に突き刺さった。

一人娘なのに、両親とも距離を置き、せっかくできた恋人にも別れを告げ、大阪を離れた。両親のことも、恋人のこともこちらにきてからは、めったに思い出さない。恋人と別れたことを悔やむこともない。

普通の人間でないからこそ、中二の冬、あの男の腹に包丁を突き立てた。そして、真帆の言うことを鵜呑みにして、見知らぬ男を殺した。

たぶん、わたしは口べたで、魅力のないサイコパスなのだ。そう思うと、少しだけ安心した。

人は自分を語ることばを欲しがるものなのかもしれない。

年末年始も、大阪には帰らなかった。

正月やゴールデンウィーク、お盆などは、たいてい店に出ている。家族がいる従業員たちは、そういう時期に休みを取りたがるけど、わたしには関係ない。

仕事を口実にすれば、帰省しない言い訳にもなる。有休は、人員が足りている日を確認しては少しずつ消化した。

本店は元日が休みで、家でお雑煮でも食べるつもりだったのだが、急遽、他の店のヘルプに駆り出された。最近では、元旦から店を開けるビルや施設が多い。テナントは、その意向に従うしかない。

他の店員たちは文句を言っていたが、わたしとしては休日手当が出る分、文句はない。お酒も飲まないし、外食もしない。セキュリティを考えて、家賃こそ少し高い部屋に住んでいるが、お金がかかるような趣味は持っていない。気が付けば、貯金が趣味のようになっていた。

確かに、元日はお客さんがひっきりなしに店にやってきた。

休んでいるところが多い分、営業している店に集中するのだろう。その支店には、過去に何度もヘルプに入っていたから、普段の忙しさも知っている。

こんなに売り上げがいいなら、三が日も営業したくなるオーナーの気持ちはわかる。

だが、店員が家族と過ごす時間は、その分削られる。バックヤードで話をした仲のいい店員は、元日営業になったから帰省を取りやめたと言っていた。

誰もが、わたしのように、積極的に身内と距離を取りたいわけではないのだ。

夜になると、少し客足も落ち着いた。普段は九時までの営業だが、三が日は八時に閉店することになっていた。

レジを他の店員と替わって、棚の補充をしていたとき、ふわりといい匂いがした。

さりげない香水の匂い。顔を上げると、ペールグリーンのコートを着た女性が通り過ぎていった。

あんな色のコートを買えるのは、お金持ちか、服にお金をかけている人だけだ。

一着しかコートを持たないのなら、どんな装いにも合うデザインや色のものを選ぶしかない。他に何着も持っているから、そんな美しい色を選べるのだ。

バッグも、わたしでも知っているような高級品だ。わたしが一ヶ月働いても、あんな鞄は買えないだろう。

うらやましいとはそれほど思わなかった。そのバッグは、別の世界の存在だ。

連れの女性も、似たような高級品で身を固めている。同年代だが、別世界の人たち。

ペールグリーンのコートを着た女性が、振り返った。その瞬間、わたしは息を呑んだ。

そこにいたのは、真帆だった。

旅行雑誌を手にとって、連れの女性に笑いかけている。

見間違いではない。ほんの一ヶ月ほど前に、わたしは彼女に会った。

彼女がこちらを見る前に、急いで棚の陰に隠れる。

呼吸を整える。顔は真帆だが、雰囲気はこの前会ったときとまるで違う。

暴力を振るう夫から離れて、自由になれたのか。それならいい。きっとそうだ。自分に言い聞かせるようにそうつぶやいた。

彼女たちは、少し店内をうろうろした後、なにも買わずに店を出て行った。

姿が見えなくなってから、ようやく息をついた。

不思議だった。去年、わたしの家で会ったときよりも、きれいな色のコートを着て友達と笑いさざめく彼女の方が、ずっと真帆らしいと思った。

中学のときから、彼女は都会的で華やかだった。わたしたち団地の子供とは、まるで違っていた。

わたしは、彼女のその伸びた背筋に憧れたのだ。

だが、だとすれば、あの日、わたしの目の前に現れた、疲れ切った真帆は、いったいなんだったのだろう。

一月の終わり、わたしはひさしぶりに実家に帰った。

理由をつけてしばらく帰らないつもりだったが、祖父に胃癌が見つかり、手術をすることになったのだ。

リンパ節にも転移が見られたと聞いては、会いに帰らないわけにはいかない。

週休に有休を合わせて、三日間の休みを取り、わたしは新幹線に乗り込んだ。

帰省は好きではないが、新幹線は好きだ。弁当を買って、窓際の席を取り、外をじっと眺める。

人はわたしのことを簡単に受け入れてはくれないけれど、町ならばわたしのことを受け入れてくれる。

この都市に住めばどんな気がするのだろう。この山を眺めながら生きるのは楽しいだろうか。そんなことを考えていれば、二時間半などあっという間に経ってしまう。

居眠りをすることさえもったいない気がした。

新大阪の駅で母と合流し、祖父の病院を訪れた。一年ぶりに会う祖父は、ひどく痩せていた。

プライドが高い人だから、元気そうに振る舞ってはいたが、ふとした拍子に疲れた顔を見せた。

わたしたちは、面会を早めに切り上げて、病院を出た。

帰りの電車で、母がわたしに尋ねた。

「あんた、付き合ってる人はいるの」

「いないよ」

即答する。大阪にいたときの恋人も、両親には紹介していない。

「いい加減、好きなことばかりやってないで、相手も探しなさい。沙弓《さゆみ》ちゃんなんか、結婚相談所に登録したって言ってたよ」

母は同い年の親戚の名を出した。好きなことなどやっていない。ただ、仕事をしているだけだ。

男性ならば働いているだけで、「好きなことばかりやっている」とは言われないだろう。三十を過ぎると、そんな不均衡ばかりが気に掛かる。

「真帆ちゃんとはあれから会った？」

真帆の名前を聞いて、心臓が止まりそうになる。

「ちょっと予定が合わなくて。ほら、わたしは仕事が終わるのも遅いし、最近は土日に休みが取れなくて」

言い訳のように喋ってしまう。

「お母さん、真帆ちゃんのお母さんとこないだデパートで会ったわよ」

「えっ……」

真帆の母親はまだ大阪にいるのか。もともと大阪の出身だと聞いていたから、不思議はないが、少し驚いた。

「お元気そうだったけど、真帆ちゃんもまだ結婚していないんですって。友達だった子って、なんか似るわよね」

息が詰まる。わたしは無理矢理のように笑顔を作った。

「真帆ちゃん、なんの仕事してるって？」

「不動産屋とか言ってたわよ。もともとお父さんがそっちの仕事なんでしょう」

「そうだっけ。覚えてないや」

真帆は結婚していない。

実の母親が結婚を知らないはずはない。

あの家にいた男は真帆の夫ではない。表札は出ていなかった。

あの日、小さな娘を連れてわたしの部屋を訪れたのは、偽物の真帆だ。

彼女は嘘の鎧を着込んで、わたしを騙そうとした。わたしは、その企てに乗ってしまったのだ。

怒りはまだ感じなかった。時間が経てばきっと感じるだろうが、今は自分が軽率で愚かだったとしか思えない。

それだけではなく、どこか、真帆にならば騙されてもいいような気もした。たぶん、それは感情に紛れ込んだ不純物だ。まだ、この事態を自分が受け止められないから、そんな気持ちも生まれる。

いつか、それは怒りや憎しみに呑み込まれるだろう。でも、だからといって、その不純物が偽物だというわけではないのだ。

次の休日、わたしはいつもより少し遅めに起きた。

通勤ラッシュが終わった頃を見計らって、身支度を調える。普段はさっとファンデーションを塗って、口紅を塗る程度だが、今日は念入りに化粧をする。めったに着ないパンツスーツに着替えて、ローファーを履く。眼鏡をかける。これで、普段と印象が変わったはずだ。知人や顔見知りの常連客に会っても気づかれないだろう。

地下鉄を乗り継いで、あのときの駅に向かう。景色を見ながら歩けば、あのアパートへの道も思い出すかもしれない。

今は昼で、あのときは夜だった。見つからなければ、また夜にきてみればいい。

犯人は現場に戻るというフレーズを何度か小説で読んだ。そんなはずはないと思っていたけれど、真実だったようだ。

地下鉄を降りて、改札を出る。小さな駅だから改札はひとつ、出口も二ヶ所しかない。まずは駅の地図をしげしげと見た。

あのとき通った道には、郵便局と公園があった。地図にもそれらしき、郵便局と公園がある。方角はだいたい絞られた。

途中までは簡単だった。いくつか曲がり角を間違え、公園のところまで戻る。四十分ほど歩き回っただろうか。

ようやく、ここかもしれないという道を見つけた。ごくわずかな上り坂を、気持ちを落ち着けながら歩く。

坂の途中に、見覚えのある木造アパートが見えた。外階段のある古い二階建てのアパート。

一瞬、喉を締め付けられたように息苦しくなった。

首から血を流した男が、まだあそこで死んでいるような気がした。

そんなはずはない。あれから二ヶ月近く経っている。たとえ冬でも死体は腐敗して、異臭を放つだろう。近隣の人たちが気づかないわけはない。

アパートの一階に郵便受けがあった。

のぞいてみると、部屋は全部で八つ。どれも、チラシだけが無造作に押し込まれている。

郵便受けの様子を見る限り、誰も住んでいないように思える。

階段をおそるおそる上がる。あの日、男が寝ていたのは階段からふたつ目の部屋だった。ハンカチで手を包んでチャイムを押したが、反応はない。ドアの横に窓はあるが、曇りガラスだから、部屋の中は見えない。

廊下の奥まで歩いたが、生活の気配はなかった。昼間は働きに出ているのかもしれないが、それにしたってあまりにも空気が淀んでいる。

あきらめて階段を降りると、自転車にまたがった中年女性が、不審そうにわたしを見ていた。買い物に出たといった格好だから、たぶんこの近くの住人だ。

「セールスの方？　そのアパート、誰も住んでませんよ」

確かに今日のわたしの格好は、生命保険の営業かなにかのようだ。思い切って女性に聞いてみる。

「以前、ここに友達が住んでいたんです。もうみんな引っ越してしまったんでしょうか」

「ええ、もうすぐ取り壊すらしいですよ。新しいマンションができるとか」

「取り壊すんですか？」

思わず尋ね返した。

「もうずっと前からそう決まってたけど、なかなか出て行かない住人がいたって聞きましたよ。ヤクザみたいな人もいて、近所の人もみんな怖がってたんですよ。もともと、大家さんも亡くなって、ほとんど管理もできなくなっていたアパートだったんですよ。空き家をそのままにしておくと、地域の治安が悪くなるっていうでしょ。取り壊すことになってほっとしました」

「そうだったんですか……」

女性は、それじゃ、と言うと、自転車にまたがって行ってしまった。わたしはそれを見送った。


二週間ほど経った、ひどく寒い日のことだった。

夜には雪になると聞いた。雪の日は苦手だ。東京も雪が多いわけではないが、大阪や福岡よりは降るし、ときどき積もる。はじめて転勤してきた年の冬、雪の日に転んで腰を打ったから、雪が降りそうな日は、スノーブーツで出勤することにしている。

夕方、レジに立っていると、背広を着たひとりの男性が近づいてきた。

三十代半ばくらい、物腰は柔らかなのに、普通のサラリーマンではない気がした。

「戸塚友梨さんですね。お仕事中、申し訳ありませんが、少しお話を伺いたいのですが」

「えーと……」

どなたですか?と尋ねる前に、彼は内ポケットから一瞬なにかを出して見せた。

本当に一瞬だけだったが、ちらりと見えたものが警察手帳であることはわかった。本物かどうかはわからないが、他の店員やお客さんに気づかれるのもいやだ。

「二十分待っていただけたら、休憩時間になるんですけれど」

「承知しました。それでは、向かいのビルの一階に喫茶店があります。そこでお待ちしてます」

彼はそう言うと、レジから離れた。もっと強引に連れて行かれるものだと思っていたから拍子抜けした。

警察はわたしが殺した男のことを把握しているのだろうか。それ以外で訪ねてくるような理由はないはずだ。

逃げ出せば、彼らは追ってくるだろうか。だが、逃げてどこに行くというのだろう。行きたいところも、やりたいことも別にない。捕まるのなら、それでかまわない。

ふいに、里子のことを思い出した。

(結局さ、一度レールから外れてしまうと、もう戻れないんだなと思ったよ)

彼女は、わたしの身替わりになってレールを踏み外した。

わたしがこの先、レールの上を歩けなくなったとしても、それは別に不幸なことでもなんでもない。長い猶予が与えられていただけのことだ。

ぼんやり考え事をしていると、あっという間に二十分が経っていた。わたしはレジを替わってもらい、エプロンを外して店を出た。

コーヒーショップの奥の席に、先ほどの男性が座っている。横にはもうひとり、五十代ほどの男がいた。

わたしは向かいの席に腰を下ろした。注文を取りにきたウエイトレスに、コーヒーを頼む。

「お仕事中、お時間をいただいて申し訳ありません。休憩は一時間ですか？　お食事は？」

年配の男性が言う。驚くほど礼儀正しい。

「遅番で午後から出てきたので、夕食は帰ってから食べます。お気になさらず」

年配の刑事が橋本《はしもと》、若い方の刑事が夏目《なつめ》と名乗った。夏目は、もう一度わたしの前に警察手帳を提示して、話し始めた。

「戸塚さんは、坂崎真帆という女性のことを御存知ですか？」

わたしはまばたきをした。

「知ってます。同じ中学で、友達でした」

そんなことは隠しても、すぐにばれてしまうだろう。

「最近、坂崎さんから連絡は？」

「たしか去年、実家の方に電話があったと聞きました。両親は、まだ大阪に住んでいるんですけど、わたしはもう家を出て長いですから」

「それだけですか？」

「それだけです」

元日に、店で見かけたことを言ってもいいような気もしたが、わざわざ話す必要もない。

「ご実家に連絡があったということは、ご両親があなたの今の電話番号を教えたりはしなかったのですか？」

「教えたと聞きましたけど、電話はありません」

「着信も？」

わたしは首を傾げた。

「知らない番号だと、着信があっても出ないときがありますからわからないですけど、なかったと思います」

「坂崎さんと最後に会ったのは？」

考え込む。去年の末の再会より前となると、いったいいつが最後だろう。

「高校生のとき……じゃないでしょうか。彼女は神戸の私立に行ったので、あまり話す機会もなくなったんですけど、その後、東京の高校に行くことになって引っ越して……それから会ってません」

夏目と橋本は顔を見合わせた。あきらかに予想外の答えだったようだ。

「じゃあ、それからまったく？」

「ええ、大学生のとき、何度か電話で話したかな？　でもその後は、電話もしないし、向こうからもありません」

それは嘘ではない。去年、再会するまではまったく連絡など取らなかった。

わたしと真帆の関係はひどく細い糸だ。いつ切れてしまってもおかしくはない。

夏目は小さく咳払いをした。

「坂崎さんは、身近な人に、あなたがいちばん大事な友達だと話したそうです。それを聞いて、どう思われますか？」

たぶん、わたしはきょとんとした顔になっていたのだろう。演技でもなんでもなく、ただ不思議だったのだ。

「意外ですか？」

「ええ、だって、もう十五年以上会ってないんですよ？」

元日に見た真帆は、華やかな服を着て、同じように都会的で美しい友達と笑い合っていた。わたしのことなど忘れてしまったように見えた。

だが、思い出す。中学生のときの真帆もそうだった。都会的で、垢抜けていて、なのにいつも孤独だった。

「そう言ってくれるのはうれしいです。でも、わたしにとっては昔のことですし……坂崎さん、今、友達がいないのかなと心配してしまいます」

まるで、自分には友達がいるみたいな答えだ。斜め上で、客観的なわたしが笑う。

わたしの携帯電話には、仕事仲間の番号がいくつも登録されているし、たまに食事をしにいくこともある。その人たちを友達と呼ぶこともできるけど、真帆や里子の存在とは決定的に違うのだ。

「そうですか。お時間をとってしまって申し訳ありません」

これで終わりなのか。わたしは、小さく口を開けた。だが、なにも言うことばが見つからない。なんとか不自然ではないことばを探す。

「坂崎さんが、どうかしたんですか？」

「不動産関係のトラブルがありまして、それで彼女をよく知る方々に少しお話を聞いているだけです」

「彼女がなにか事故に遭ったりとか……？」

「いえ、そういうのではありません。ご心配なく」

夏目はそう笑いながら言った。わたしも目を細めて笑った。

「それならよかったです」

どうやらわたしは、自分で思っているよりも嘘がうまいようだ。


夏目俊弥《としや》の顔には、ときどき、昔の恋人を思わせるような表情が浮かんでいた。だからわたしは、彼に向かって何度も微笑みかけた。彼の目をじっと見た。

直感は当たった。三日後、夏目はまた店に来た。今度はひとりで。その日は早番だったから、仕事が終わった後、食事に行く約束をした。

一緒に、居酒屋に行って、お酒を飲んだ。普段はほとんどソフトドリンクだが、わたしもビールを一杯だけ飲んだ。そのくらいなら飲めないわけではない。

その夜は、他愛のない話をして別れた。二度目のデートは、その翌週だった。イタリアンレストランで食事をしている最中に、彼の携帯が鳴った。警察からの呼び出しで、彼はメイン料理も食べずに仕事に出かけていった。

ひとりで、ウニのパスタと、オッソブッコを食べ終えて、会計をしようと店員を呼ぶと、「お連れ様からいただいております」と言われた。

次の電話はすぐにかかってきた。

「ごめん。昨日の埋め合わせがしたいけど、いつだったら空いてる？」

わたしは冗談めかして言った。

「また放って帰られて、ひとりで食事しないといけないかもしれないから……」

「だからごめんって」

「嘘、仕事だから仕方ないよ。別に怒ってない。気にしないで」

「俺が気になるんだよ」

「じゃあ、お寿司にしよう。回るお寿司でもいいから」

寿司ならば、呼び出しがあっても、その場で食事を終わらせて帰ることができる。もう夏目とは、コース料理を出すような店には行かない。

彼が連れて行ってくれたのは、回転寿司ではなかったが、手頃な値段のわりにおいしい寿司屋だった。その日、彼の携帯電話は鳴らなかった。

「友梨ちゃんの部屋に行きたいなあ」

店を出ると甘えたような声で言われた。別にかまわないと思った。なんとなくそんなことになる気がして、部屋を片付けてきた。

コンビニで、つまみとビールを買って、わたしの部屋にきた。

今年の冬、寒さに耐えかねてわたしはこたつを買っていた。それに足をつっこんで、彼は今日、四本目のビールを開けた。

わたしは、炭酸水を飲みながら、彼が機嫌良くビールの缶を開けるのを見ていた。

思い切って尋ねてみる。

「ねえ、夏目くんって、警視庁の刑事なんだよね。捜査何課？」

普段はそんな話をしないのに、酒のせいで口が軽くなっていたのだろうか。夏目が言った。

「捜査一課」

寿司屋で飲んだビールが一気に冷めた。わたしはわざと軽い口調で言う。

「わお、殺人捜査だよね。じゃあ、真帆は殺人の容疑がかかってるの？」

「いや、坂崎真帆にはアリバイがある。犯行現場の近くまできてはいたが、どうやっても現場までいって、殺すことはできない」

あのアパートは駅から二十分近く歩く。タクシーで行けば五分くらいで着くかもしれないが、五分で行って殺して、また五分で帰るとしても、二十分や三十分はかかってしまうだろう。

帰りは簡単にタクシーがつかまるような場所ではない。タクシーを待たせれば、運転手の記憶に残りやすいし、今はどこのタクシー会社も乗車記録をつけているはずだ。

「だから、共犯者がいるはずなんだ」

気持ちを落ち着けるため、またグラスの炭酸水を飲んだ。

「真帆は、どんな人を殺したと思われてるの？」

「坂崎真帆が、相続した古いアパートに、元暴力団の男が住み着いていたんだ。出て行かないし、家賃ももちろん払わない。追い出そうにも暴力を振るうから、誰も手が出せない。そいつが、去年、なにものかに殺された。暴力団にいた頃の、もめ事が原因ではないかという説も多いが、橋本さんは坂崎真帆のことを怪しんでいる。その男が死ねば、アパートを撤去して、新しいマンションが建てられる。そうなると儲けは大変な額になる。反対に、今のアパートをあのままにしておけば、大損だ」

「真帆の彼氏とかは？」

「そういう相手はいないんだ。女友達はいるが、わざわざ彼女のために殺人の片棒を担ぎそうな人はいない」

「まあ、そうだよね。女同士は案外ドライだもの。中学のときの友達とは、中学を卒業するとめったに会わなくなるし、高校も大学もそう。年賀状で近況をやりとりする程度」

脳が警告を発している。喋りすぎてはいけない。繕おうとすればボロが出る。嘘をつこうとすれば矛盾が生まれる。

話すべきではないことだけ隠して、あとはなるべく本当のことを言うのだ。

夏目は、こたつに入ったまま、床に仰向けになった。

るのか。

「ここ、落ち着くなあ……」

「狭いからじゃない？」

このままセックスをするのだろうかと考える。するとしたら、彼は避妊具を持っているのか。

わたしは持っていない。そんな機会などもうないと思っていた。

そんなことをぐるぐると考える。いつの間にか彼が静かになっていた。のぞき込むと、こたつで眠っていた。

心配した自分がバカみたいだ。

だが、これでわたしがどんな人を殺したのかわかった。そして、真帆がなぜその男を殺させたのかも。

だが、なぜかしっくりこないのだ。理屈では納得できても、感情が納得しない。それはただ、わたしが彼女を信じたいだけなのかもしれないけれど。

なぜ真帆はわたしを、いちばん大事な友達などと言ったのだろう。

8

翌朝、目覚めた夏目は、うがいだけして、帰って行った。

「また、電話するから」

機嫌良く言われて、わたしは微笑んで頷いた。

キスもしていない。つきあってほしいとも言われていない。それが心地よかった。もし、そういうことになってもかまわないとは思っていたが、このままなにも起こらないのも悪くない。

その方が罪悪感に苛《さいな》まれなくて済む。

わたしは彼に恋をしていない。そう見えるようにふるまっているだけだ。

思えば、わたしの人生はいつも演技をしているようなものだった。前の恋人とも、優しくされたから恋をしたようなふりをしてみただけのような気がする。そうこうしているうちに、演技なのか、本当の気持ちなのかわからなくなる。夏目のことも、いつか本当に好きになるのかもしれない。でも、今はまだ違う。

だから、彼もわたしのことを好きにならない方がいい。

真帆の情報を知りたいだけでもいいし、本当はわたしのことを疑っているのでもいい。

もちろん、ただの友達で終わるのもいいし、このまま、二度と会わなくてもかまわない。

わたしはたぶん、誰かに期待するのをもうやめたのだ。

それでも、彼だけが真帆に繫がる糸で、今はもう少しそれをつかんでいたい。

その感情に、なぜか切なさが混じることが自分でも不思議だった。


職場で、少し手が空いたときに刑法の本を開いてみた。

「人を教唆《きょうさ》して犯罪を実行させた者には、正犯の刑を科する」

その一文を確認して本を閉じる。

つまり、真帆がわたしを告発するようなことはないはずだ。わたしが、彼女に依頼されたことを話せば、彼女も殺人者となる。しかも、相手は自分の夫でＤＶを受けているという嘘をついていた。わたしにその人を殺す動機はなく、真帆には動機があるのだから、厳しく追及されるはずだ。

証拠が残っているかどうかはわからないが、室内の様子や殺害方法を証言することもできる。

本を棚に片付けて、わたしは持ち場に戻った。

たぶん、わからないことがいちばんの恐怖なのだ。真帆がどんな意図で、わたしに嘘をついて、人を殺させたのかわかったことで、少し気持ちが楽になる。

もともと、警察に捕まることや、刑務所に入ること、その後、殺人者として生きることは覚悟していた。十四歳から、そのことを考えなかった日はなかった。

本当は、図書館に行って新聞を読んで、事件がどんなふうに報道されていたかを知りたかったが、さすがにそれは憚《はばか》られた。夏目や他の警察官が、いつ、わたしに疑いの目を向けないとも限らない。

まだ疑われてはいないだろうか。

真帆とわたしは、長い時間会っていない。会ったのは、年末のあの日だけ。わたしには仕事があり、貯金もしている。

真帆がわたしのことを、「いちばん大事な友達」と言ったからといって、それだけで疑われることなどないだろう。

わたしが、真帆のために人を殺す理由を探すなら、高校一年生のあの夏休みまで遡《さかのぼ》らなくてはならない。いや、もしかするとそれよりも前、中学二年生の冬までか、それとももっともっと前、わたしと里子が出会ったときまで。

警察がそこまで遡れるだろうか。

もっとも、物的証拠が出てきたらわからない。わたしの髪や、指紋がその部屋から発見されるとか、そういうことがあれば動機がわからなくても疑われるだろう。

貯金が多少あるからといって、お金で動かないとは限らないし、その理由まで見いださなくても、わたしが友情に厚かったと考えることもできる。

ふと思った。

刑事である夏目が、わたしの家まできたのは、指紋を採取するためだろうか。

別にそれならそれでかまわない。わたしが物証を残していたら、目を付けられた時点で負けだ。相手は警察なのだから。

とはいえ、恋愛感情があるように見せて証拠を集めるのは、たしか違法だったはずだ。前にミステリ小説で読んだ。

警察だから、そんなことをしなくても証拠を手に入れることはできる。あえて、批判されるような手段を使うことはないはずだ。

わたしは少し考え込んだ。

真帆と今、無理に連絡を取る必要はない。だが、彼女の居場所は知っておきたかった。

直子《なおこ》のことを思い出したのは、彼女が唯一、年賀状をやりとりし続けている中学校の同窓生だったからだ。

中学二年になり、クラスが別になってからは、廊下で会ったとき喋る程度のつきあいになっていたが、わたしが里子のことで孤立してからも、ずっと年賀状を送ってくれていた。

いつも手書きのメッセージが添えられていて、「元気ですか？　また会いたいね」などと書かれている。それを見るたび、少しだけ胸にあたたかい灯が点《とも》る気がした。

年賀状以外の連絡はないから、つきあいが続いているとは言いがたいのだが、その距離感が心地よく感じられて、わたしも年賀状を送り、引っ越しするたびに新しい住所を教えていた。

彼女は去年、夫の転勤で神奈川県に引っ越してきた。今年の年賀状には、「また近くになったから、今年こそ会おうね」と書いてあった。

一度、連絡を取ってみてもいいかもしれない。

わたしは、年賀状に書かれていたメールアドレスにメールを打った。

返事がなくても仕方がないと思っていたが、すぐに返信があった。

「友梨？　ひさしぶり。メールくれてうれしいです。仕事頑張ってますか？　わたしはすっかりおばさんになっちゃったよ」

彼女の年賀状は、子供の写真のものだったから、娘である千沙子《ちさこ》ちゃんの顔は毎年見ていた。だが、直子自身の変化はわからない。

話はとんとん拍子に進み、次の休みに会うことになった。

直子は真帆とはそれほど仲良くしていなかったが、卒業前に孤立したわたしよりも、同じ中学の知り合いはいるだろう。彼女はわたしたちと行動していたが、他に友達もたくさんいた。

転勤族の夫と結婚するまでは、ずっと実家にいて引っ越しもしていなかった。同級生の噂は耳にしているだろう。

約束をして、携帯電話を置くと、少しほっとした。

年賀状はやりとりしていても、実際に会うということになったらはぐらかされてしまうのではないかと少し思った。

もし、自分が直子からいきなり会おうと言い出されたら、喜んで会えるかどうかは疑わしい。拒みはしないだろうが、どこかで思うような気がする。

宗教の誘いか、ネットワークビジネスとか、補整下着や絵を買えとか言われるんじゃないかと。

もしかしたら、今直子はそう思っているかもしれない。

そう思われていたとしても、傷つくわけではない。下心があるのは事実だ。

また携帯電話がメール着信を知らせた。夏目からだった。

次の休みにまた食事でも行かないかという誘いだった。直子と会うのは昼間だから、夜ならば空いている。

わたしは返信を打った。

嘘にまみれている約束ばかりなのに、なぜか心が躍った。


直子と待ち合わせをしたのは、彼女の住む街の駅前だった。

わたしの家からは一時間以上かかったが、直子は今、長い時間家を空けることが難しい。娘の千沙子ちゃんはまだ小学二年生だから、午後には学校から家に帰ってきてしまう。年齢的に、まだひとりで長時間の留守番をさせるのも気が引けるということだった。

わたしの方は自由の身だから、別にかまわない。

どきどきしながら、服を選んだ。前の恋人と会うときも、夏目と会うときも着ていく服に悩むようなことはなかったが、なぜか直子にはみすぼらしいと思われたくなかった。別に、裕福そうに見せたいわけではないし、そう見えるような服も持っていないが、せめてそれほど不幸ではないように見られたい。

考えて、カーキ色のウールワンピースを着た。いつもはまとめているだけの髪をブローして出かけた。

駅の改札を出て、直子の姿を探す。

「友梨!」

白いダウンコートを着た上品そうな女性が駆け寄ってくる。直子だった。

知らない町ですれ違ったら、わからないかもしれない。

「ひさしぶり!」

二十年ぶりだと考えると、気が遠くなる。人生の半分より長い。

「ごめんね。いきなり誘って」

「ううん、うれしかった。転勤したばかりだから、あんまりまだ友達いなくて。友梨が東京にいるから、会えたらいいなと思ってた」

少し胸が痛んだ。

「千沙子ちゃんも元気? 毎年、写真送ってくれてありがとう」

「ううん、子供の年賀状なんてあんまりセンスないよね。でも、喜んでくれる人もいるから……」

「わたしもうれしいよ」

嘘ではない。赤ちゃんの頃は可愛さにうっとりしたし、毎年少しずつ直子に似てきているのも微笑ましかった。

駅前の喫茶店に入り、ドア近くの席に座る。直子は、灰皿を引き寄せた。煙草を吸うとは思わなかったから、少し驚いた。

しばらくは直子の話を聞いた。短大を卒業して、保険会社でしばらく働いた後、結婚した。夫は、二年ごとに転勤のある仕事だから、仕事を続けるのは難しかったという。

「来年もまた転勤だよ。うんざり。わたしはまだいいけどさ。千沙子が可哀想。友達とも別れてばかりで」

「そうだね……」

「小・中学生ならまだいいけど、高校生になったら気軽に転校できないでしょ。単身赴任してもらうことになるかもしれない。大学生になってひとり暮らしさせるのも、お金がかかるしさ。友梨は？　友梨も転勤多いよね」

「わたしは身軽だからね。いろんなところに行けるのは楽しい」

子供の頃、友達が世界のすべてだった時代に何度も別れを経験するのと、今、あえてどこにも根を張らない生活を選ぶのとは、まるで違う。

話が途切れたときに、切り出してみた。

「そういえば、こないだ、お店で真帆を見かけた」

「えっ、懐かしい。元気そうだった？」

「うん、なんかすごく華やかになってたよ。別人みたいで、声をかけそびれちゃった」

「えー、なんで、あんなに仲が良かったのに」

そう言った後、直子ははっとした顔になった。中学校で起こったいくつかの事件を思い出したのかもしれない。

「直子は真帆と卒業してから会った?」

「会ってないよ。だって、あの子、神戸の高校行ったよね」

少しがっかりする。直子の真帆に関する知識はそこから更新されていないようだった。

「高一のとき、東京に引っ越したの。高校も転入して」

「えっ、高校の転入って気軽にできるのかな。今度話聞きたいな」

どうやら直子の頭の中は、娘のことでいっぱいらしい。わたしは話を戻した。

「中学のときの友達で、まだ会う子っている?」

「友美には会うよ。あとは……」

友美以外は名前も覚えていない子だ。自分の薄情さが嫌になる。

「そういえば、日野里子、覚えてる?」

思いもかけない名前が出てきて、わたしは息を呑んだ。

「覚えてるよ。同じ団地だもの」

「えっ、そうだったっけ。仲良かった?」

「小さい頃はね。小学校低学年くらいまでかな」

直子はなぜか秘密を話すように、声をひそめた。

「あの子ね。細尾と結婚したんだよ」

驚かなかったというわけではない。驚くと同時に、「ああ、やっぱり」という気持ちもあった。

（一度レールから外れてしまうと、もう戻れないんだなと思ったよ。歩とわたしは同じようなタイプの人間だし）

レールからはじき飛ばされたもの同士、細尾と里子は身を寄せ合ったのだろうか。

「一度、一緒にいるとこ見たことがある。大学生のときに」

「へえ……。でも、わたしだったら絶対無理。あいつ、人殺しじゃない。わたし、理菜子のこと忘れられないよ。絶対に許さない」

そう言い切れる直子がまぶしい。胸がぐずぐずと痛んだ。わたしは話を続けた。

「里子もさ……あの件で少年院に入ったから、細尾に思い入れがあるんじゃないかな」

「でも、里子の件はさ、襲われそうになったんでしょ。殺された男、過去にも同じようなこと何度もしてたんじゃないかって言われてた。自業自得だよ」

「うん、そうだね」

簡単に過去を引き戻そうとするものではない。そこには傷ばかりが埋まっていて、掘り起こされればひどく痛むのだ。

ぎこちなく、わたしは笑顔を作った。

二時間ほど話してから、わたしたちは駅で別れた。次に会うのは、また二十年後かもしれないと思いながら。


夏目は約束に一時間以上遅れた。

待ち合わせをした喫茶店で、ぼんやりしながら里子のことを考える。

彼女が細尾と結婚したことは、別に意外でもなんでもないのに、なぜか胸がざわざわするのだ。

なにか大事なことを心の奥底にしまい込んでしまった気がする。思い出さなければならないことがあるはずだ。

ふいに気づいた。

里子は、高校を卒業した後の真帆に連絡を取っている。

わたしとのディズニーランドでの会話で、真帆のことを怪しみ、それを彼女に告げている。つまり、里子なら今でも真帆の連絡先を知っているかもしれない。

あのとき真帆は大学生だった。東京の大学に行っていたなら、実家から通っていただろう。実家が持ち家ならば、十年やそこらでは引っ越ししていないかもしれない。ましてや、父親が不動産関係の会社を経営していて、真帆もそこで働いているのなら、親と関係を絶っているわけではない。

わたしが真帆の連絡先を知ろうとしていることが、警察に知られたとしても、それがすぐにわたしを疑う理由にはならないだろう。連絡先を知らないような相手のために、殺人をするようなことは、まずない。大事な友達だと言われたから、あらためて連絡を取ってみようとしたのだと言い訳をしてもいい。

里子の今の居場所を探すことは、たぶん真帆を探すことよりは難しくない。

わたしは実家に電話をかけた。

電話には母が出た。

「お母さん、日野さん覚えてる？」

「覚えてるよ、どうかしたん？」

母と話すときにはやはり関西のイントネーションになる。

「里子ちゃん、結婚したって知ってる？」

「あー、ほんま？　日野さんも引っ越してから長いこと会ってないから、わからへんわ。でも、結婚できてよかったなあ」

ちくりと胸に針が突き刺さった。

母が言う「結婚できてよかった」のは、「少年院に行っていたのに」なのか「人を殺したのに」か。

母はどうしようもなく普通の人で、わたしは昔からそれが息苦しくて仕方なかった。この人に生まれたのが、わたしのような娘でなければよかったのにと、いつも思った。

「それで、お母さん、日野さんの引っ越し先わかる？」

「うちは年賀状やりとりしてないけど、C棟の武田《たけだ》さんが親しかったから聞いてみるわ。里子ちゃんになんか用事があるの？」

「うん、中学で里子ちゃんと仲良かった子が、連絡取りたいって言うから」

本当はそんな子などいない。

「里子ちゃんも結婚したんやから、あんたも誰かええ人おらへんの？」

「おらへんよ。そんな人」

自分にそんな未来などこない。わたしは笑いながら答える。

「じゃあ、また、もしわかったら電話かメールして」

そう言って電話を切った。

母の世代の人たちは、義理堅く年賀状を出し合っているだろうし、個人情報に関する認識も甘い。時間の流れも、わたしの世代よりも速く感じているはずだ。

ウエイトレスを呼び止めて、オレンジジュースを注文した。

もう時間は九時近い。携帯に連絡をして帰ってしまおうかと思ったとき、息を切らせて夏目が入ってきた。

「悪い。会議が終わらなくて……」

「大丈夫。今日休みだったし、本たくさん読めたから」

もともと、今日は直子と会うために遠出をしたから、他に予定を入れていなかった。

「でも、明日は早番だから、早く帰るね」

そう言うと彼は、少し淋しそうな顔になった。胸が少し痛んだ。

彼が本気でわたしに恋をしているとは思っていない。わたしと同じように、不確かな駆け引きを続けているだけだ。

でも、もし彼が本当にわたしのことを好きになりつつあるのなら。

かすかに揺らぐ気持ちの一方、ありえないと笑うわたしがいる。

彼が追っている事件の、わたしは真犯人なのだ。


その数日後、遅番の勤務を終えてロッカーから携帯電話を出すと、いくつかメールの着信があった。

普段はひとつあるか、ないかなので、珍しい。

いちばん最初に届いていたのは母からのメールだ。

そこには、同じ団地の人にきいたという日野家の住所が書いてあった。大阪の、実家からそう遠くない町だ。残念ながら、電話番号までは書いていなかったが、手紙を書くこともできるし、実家に帰るついでに訪ねることもできる。

もしかすると、里子が完全に実家とのつながりを絶ってしまっているという可能性もあるが、それにしたって、何らかの手がかりは見つかるだろう。

続きをざっと見る。支店の従業員から、共同でやるイベントに関するメールと、直子からのメールが入っていた。

直子からのメールを読もうとしたとき、店長が早く退勤するようにと、他の従業員に声をかけているのが聞こえた。

最近、電気料金削減のため、時間がくると強制的にフロアの電気が消えるようになった。さっさと帰宅しなければならない。

店を出て、混んだ電車に乗り込む。

直子からメールがきたことは、意外だった。もうしばらく会うことはないと思っていた。友達がいなくて淋しいと言っていたのは本当かもしれない。

電車の中で、携帯電話を開く。

「日野さんが細尾と結婚したって話したよね。こないだ、弟と電話してて、びっくりすること教えてもらったんだけど、細尾、殺されちゃったんだって。新聞にものってたって」

ガタン、と電車が揺れた。バランスを崩しかけて、あわてて、つり革をつかむ。

直子の弟は、不良グループの一員だった。今は普通に働いているし、結婚して子供もいると先日聞いたが、その縁で細尾のこともよく知っているのだろう。

「暴力団に入ってたって言うから、その関係でいろいろあったみたい。日野さんって、運が悪いよね。可哀想。わたしもこのあいだ、絶対許さないとか言っちゃったし、なんかちょっと罪悪感」

電車は大勢の人を詰め込んだまま、夜の中を走って行く。わたしは返信を打った。

「直子が罪悪感持つようなことじゃないよ。暴力団ってことは、なんか恨まれるようなこともあったんだろうし」

車内は満員と言っていい状態で、話し声や線路を走る音が聞こえているはずなのに、なぜかわたしの頭の中は無音だった。

大事なことを思い出さなければならない。

わたしが殺したのは、細尾ではなかっただろうか。

まさか、そんなはずはない。そう何度も自分に言い聞かせる。

長い間会っていない。十五年前、ちらりと顔は見たがそれだけだ。中学で同じクラスになった一年間も、恐ろしかったから顔をまじまじと凝視したわけではない。忘れてしまいたい男だった。

殺した男は、でっぷりと太っていた。だから、わからなかった。

それでも、今考えると、彼は細尾に似ていた気がするのだ。

そんなはずはない。ただの妄想だ。

真帆が、わたしに細尾を殺させる動機などない。

そう考えて、すぐに気づく。理由はあるのだ。

あのアパートを取り壊したかったという理由が。

里子はどこにいたのだろう。細尾と結婚していた里子は、あの日家にいなかった。

頭がひどく痛む。足下が揺らいで、崩れていくような気がした。


シャワーを浴びて髪を乾かし、こたつに入ってぼんやりしていると、インターフォンが鳴った。

時計を見ると、もう十二時を過ぎている。戸惑いながら、オートロックの玄関カメラを見ると、夏目が立っていた。へらへらと笑っている。

「ごめん。会いにきちゃった」

どうやら酒に酔っているようだ。わたしはオートロックを解除した。寒空で凍死でもされたら大変だ。

玄関までできた彼を、中に入れる。彼は寒い寒いと言いながら、コートも脱がずにこたつに入った。気持ちよさそうに大の字になる。

「かなり飲んだでしょ」

まだデートも三回しかしていないのに、少しずうずうしいとは思うが、ちょうど彼に聞きたいことがいくつもあった。

「ほら、コート脱いで。毛布貸したげるから」

わたしはコートを脱がせて、ハンガーにかけた。彼はこたつに足をつっこんだまま、上半身だけ毛布にくるまった。

しばらくその顔を見ていると、彼は酔っ払いらしい鼾《いびき》を立て始めた。放っておこうかと思ったが、なんとなく話しかけてみる。

「ねえ……中学の友達から聞いたんだけど、真帆のアパートに住んでいて殺された人って、もしかして細尾歩？」

彼はバタンと寝返りを打って、目を開いた。

「う……ん、そう、だ。ああ、友梨ちゃんも同じ中学だったな……」

やはりそうだ。わたしは動揺を隠して呼吸を整えた。

「細尾が真帆のアパートに入居したのは、偶然だったの？」

「いや、中学のときの同級生だったから、便宜を図ったと。でもまあ、つながりと言えばそれだけで、それ以上のつきあいや恨みみたいなのは、お互いになかったみたいだ」

「細尾くんって、結婚してたよね」

「妻は入院中だった。子供は実家の祖母が預かっていた」

「入院？」

驚いて、声がうわずった。

「階段から落ちて、足首を骨折していた。もう退院して、妻も実家に帰った」

「そうなんだ。よかった……」

今にも閉じられようとしていた彼の目が開いた。

「細尾の妻も知ってるのか？」

嘘をついてもすぐにわかるだろうから、本当のことを言う。

「同じ団地だったから、小学二年生くらいまではよく遊んだかな。その後は、お互い変わっちゃったから、あんまり」

「まあ、そうだよな。友梨ちゃんと彼女では全然タイプが違う」

わたしはぎこちなく笑った。ということは、彼は里子に会っている。

「里子ちゃん、元気そうだった？」

「ああ、怪我はしていたが、それだけだ。細尾歩は暴力をよく振るっていたから、細尾里子も夫が死んでほっとしているんじゃないか」

「……そう」

それでも里子は疑われない。入院していたのなら、完璧なアリバイがある。

「なあ」

話しかけられて、彼の方を見る。夏目はわたしをまっすぐに見上げた。

「細尾里子と坂崎真帆は、中学のとき仲が良かったのか？」

嘘など言う必要はない。わたしは本当のことしか言わない。

「全然。話したこともないんじゃない？」


どういうことだったのか想像してみる。

里子が持ちかけたのかもしれない。高校一年生のとき、わたしに祖父を殺せと持ちかけたように。里子は、あの日、実行したのがわたしでなく、真帆だと知っている。真帆の洋服のボタンも持っている。証拠とされるかどうかは難しいが、現実に手を下した真帆からすれば、脅威だろう。

そして、真帆はあのときと逆に、わたしに殺させようとした。高校一年生のあのときは、真帆にもわたしにも動機はなかった。だが、今回は真帆には動機がある。実行犯になり、疑われるわけにはいかない。

動機もなく、長い間つながりも途絶えていたわたしならば、疑われることはない。

やっと、真帆の行動が、自分の中で納得できた気がする。

これは、あの高一の夏の焼き直しなのだ。

同じ絵を、鏡に映したように逆に描いただけだ。ならば、わたしにやらせることになんの罪悪感もないはずだ。

もしかすると、警察から見れば、お金のために殺させたと考える方が説得力があるかもしれない。その動機に固執している限りは、わたしが彼女のために人を殺す理由もわからない。

ふいに思った。里子は、細尾を殺したのがわたしだと知っているのだろうか。


次の休日、わたしは朝七時に家を出た。

昨日は遅番で、睡眠時間は少しも足りてはいないが、新幹線の中で寝ればいい。

東京駅で新大阪行きの切符を買い、指定席に乗り込む。平日だからか、窓際の席が取れた。

明日は仕事だから、日帰りしなくてはならない。

大阪までは二時間半だから、往復五時間。それでも片道三時間以上かかっていた時代よりは、東京大阪間は近く感じられるようになった。営業の人が、日帰りで往復することも珍しくはない。

だが在来線で片道二時間半の距離を移動するよりもずっと疲れる。まるで、疲労は時間ではなく、距離に比例するみたいだ。

眠かったはずなのに、新幹線が動きはじめると、嘘のように目が冴えてしまって眠れない。だから、窓の外をただ眺めた。

富士山は霧がかかったように曇っていて少しも見えなかった。

新大阪で降りて、在来線に乗り換える。

両親にも友達にも連絡をしない帰省などはじめてだ。もし時間があれば、祖父の顔くらいは見て帰りたい。

目的の駅に到着したから、電車を降りる。昔から、何度も通ったことがある駅なのに、降りるのははじめてだ。

窓から見る景色でしかなかった駅の中に、わたしは立つ。

目的地への行き方はインターネットで調べて、地図も印刷してきた。

坂の多い閑静な住宅街だった。少し離れただけなのに、わたしが住んでいた土地とは雰囲気なども、町の匂いも違う。

古い家が多く、集合住宅などもあまりない。なぜか息が詰まるような気がした。

目的地が近づくに連れて、不安が高まってくる。くるべきではなかったのかもしれない。

小さな公園があった。落ち着いて考えるために、公園の中に入った。今なら引き返すことはできる。祖父の見舞いだけして、東京に帰ればいい。

砂場で遊んでいる母親と子供がいた。それを見ながらベンチに腰を下ろす。

もこもこのダウンジャケットを着ている子供のシルエットが可愛らしい。三歳くらいだろうか。

母親は髪が長い。痩せていて、首が長い。

その首から後頭部のシルエットに見覚えがあるような気がした。

思わず、立ち上がった。声が出なかった。

視線を感じたのか、彼女は振り返った。目が大きく見開かれる。

十五年ぶりだ。だが、すぐにわかった。

「友梨？　なんでここに」

少し低い里子の声。わたしはあなたに会いにきた。

里子は子供の手を引いて、わたしの方に歩いてきた。

「どうしたの？　東京で働いてるんじゃなかったの？　帰ってきたの？」

「うん、仕事は東京だけど、ちょっと帰省していて……」

本当は、あなたに確かめたかったのだ。自分の推理が正しいかどうか。

わたしはなにも言えないでいる。

あなたが笑っているから。

昔の友達に会えて、驚いた。でも、うれしいというような顔で。

「ちょっと用事があって、通りがかっただけ。里子に似ているけど、まさか本人だと思わなかった」

コートのポケットに地図を押し込む。

「わたしもずっと東京に住んでて、最近帰ってきた。急に前の家にいられなくなったから、今は実家にいるけど、近いうちに出るつもり。あんまり親のこと好きじゃないし」

「そうなんだ……」

里子はわたしの隣に座った。子供の顔を見て、わたしは息を呑んだ。

「依子ちゃ……」

彼女は依子だった。あのとき、真帆がわたしの家に連れてきた女の子だ。

「えっ、なんで、依子の名前知ってるの？」

わたしはあわてて笑顔を作った。

「ほら、C棟の武田さんから名前だけ聞いてたの……」

「ああ、友梨のご両親、まだ東団地だったっけ」

依子は、なにも言わずにわたしの手をつかんだ。幼児のしめっていて熱い手。

「珍しい。この子人見知りなのに」

里子は立ち上がって、少し距離を取った。ポケットから煙草とライターを取り出す。離れたのは、たぶん依子の方に煙が行かないようにするためだ。

煙草に火をつけて吸い始める。

「まだ、どこに行くかは決めてないけど、母子家庭が暮らしやすくて、仕事があるような場所ってどこかにあるかな。お水でもいいんだけど」

「東京も大阪も駄目なの？」

「東京でもいいけど、家賃が高いからねえ。お水するなら、やっぱり中心部に住むことになるし。大阪だと親に干渉されるのが嫌」

そう言って煙を吐く。灰は携帯灰皿に落とした。

「今、真帆がいろいろ探してくれているんだけどね。覚えてるでしょ。真帆」

「覚えてるけど……、里子、真帆と仲良かったっけ」

「彼女の持ってる部屋を借りてたの。大家と店子《たなこ》の関係。いろいろ親身になって相談に乗ってくれたり、夜、依子を預かってくれたり、世話になりっぱなし」

「わたしは、高校生のときから会ってない」

「真帆もそう言ってた」

依子は、甘えるようにわたしの膝に身を預けている。掌は熱いのに、そっと撫でた髪はひどく冷たい。

思い切って言ってみた。

「細尾くん、亡くなったんだって？」

里子は声を上げて笑った。

「なに？　友梨、けっこうわたしのこと知ってるやん。誰に聞いたん？」

「直子。覚えてる？」

「ああ、コウの姉ちゃんね」

そういえば、直子の弟はそんな名前だった。もう顔も思い出せない。

「歩はね、もう仕方ないよ。組でも、任されていた仕事で金を持ち逃げされたり、失敗ばかりしてたから、どこかでそういうことになると思ってた。兄貴分には、あまりに情けなさすぎて、落とし前つけさせる気にもなれないって言われたけどね。これ、見て」

里子は、シャツの首元をぐっと広げた。皮膚が火傷《やけど》したように盛り上がっている。

「働いて帰ってきたら、帰りが遅いって煙草を押しつけられた。バカかっつーの。お水もフーゾクも身体が資本なのに、自分の女の身体に傷つけてさ」

「ひどい……」

声が震えた。里子は、驚いたような顔になった。

「大丈夫。もう、あいつ、いないし。生きてて、真人間になってくれたらいいかなって思ったけど、よく考えたら中二のときからろくでもなかったもんね」

里子は、煙草を携帯灰皿でもみ消した。依子のそばにしゃがむ。

「たぶん、わたし、いろいろ間違えてきたんだけど、もう間違えない。わたしと同じような思いを、この子にはさせない」

なぜか涙があふれた。里子は明るい笑い声を上げた。

「なんで、友梨が泣くのよ」

「だって……わたしのせいでもあるから……里子がわたしの身替わりとして、少年院に行かなかったら……」

「たぶん、それでも変わらなかったと思うよ。わたしは孤立してただろうし、歩が出てきたら、あいつとまたつきあって同じことになってた」

依子が不思議そうな顔で、わたしを見ている。里子は言った。

「結局、誰かの人生を本当に変えることなんて、他人にはできないんだよ」

＊

その日の話はそこで終わった。

次に会う約束をするとき、戸塚友梨はぽつんと言った。

「次で全部話せるかもしれませんね」

彼女の話が少しずつ終わりに近づいてきていることには気づいていた。

今、話の中で友梨は三十四歳だ。わたしと同い年だとしたら、残りは十三年分。だが、同じ密度で語るべきことばかりが詰まっているはずはない。

年を取れば、一年が早く過ぎる。わたしなど、思い返しても仕事や旅行以外になにも語るべきことがない。つまりは、それが平穏というものだ。

その数日後、近くに住む母がうちにやってきた。

なぜか、旅行用のキャリーケースをガラガラと引いている。

「なに、それ」

「あんたのアルバムとか。押し入れから見つかったから持ってきた」

母は今、実家の片付けをしている。四十年以上もため込んだ荷物をどんどん捨てているという。

あまり自分の写真などには興味はなく、そのまま捨てられても別に文句はないのだが、母も捨てにくかったのだろう。

母は、リビングにわたしのアルバムを積んで帰って行った。

なにげなくアルバムに手を伸ばして気づいた。中学校の卒業アルバムがある。

箱から出し、アルバムを開く。わたしは中二、中三と、戸塚友梨たちとは違うクラスだった。

ページをめくる。自分のクラスの子たちはだいたい覚えているが、他のクラスの子たちはあまり記憶には残っていない。

そのクラスのページに目を落とす。まず、飛び込んできたのは日野里子の名前だった。彼女は覚えている。顔の小さいきれいな少女だ。

同じクラスに戸塚友梨と坂崎真帆がいるはずだ。わたしは彼女らの名前を探した。ようやく、戸塚友梨の名前を見つけたわたしは、自分の目を疑った。

そこにいる少女は、わたしが会っていた女性とは似ても似つかない顔をしていた。メイクや整形などではありえない。輪郭からして違う。わたしの会った戸塚友梨は、一重まぶたで、すっきりした顔立ちをしているのに、卒業アルバムに載る彼女はえらが張っていて、彫りが深い。目も二重まぶただ。

別の写真を見て、また息を呑む。

わたしが何度も会った女性が、野暮ったい制服を着た少女の顔でそこにいる。
いったいどういうことなのだろう。
わたしがこれまで会っていたのは、戸塚友梨ではない。坂崎真帆だ。

9

たとえば自殺するとき、人は部屋を片付けるものだろうか。

わたしは小さな自分の城を見渡して、少し考えた。たぶん、両親がこの部屋を片付けて、それほど多くない荷物を実家に持って帰るか、捨てるかするだろう。捨ててくれたってかまわない。

また転勤になるだろうとあまり荷物を増やさなかったから、片付けるのにはそれほど時間はかからない。まあ、よかったといえるのではないだろうか。

職場で仲良くしていた同僚たちは驚くだろう。わたしがそんな人間だと気づいていた人は、ほとんどいないと思う。

もしかしたらいたのかもしれない。だが、わたしも彼らとちゃんと向き合っていたわけではない。ただ、同じ職場で働いて、離れたらもう二度と会わないというだけの関係だったのはお互い様で、他人に無関心な人間は、他人から同じように扱われて当然なのだ。

ただ、彼らの平穏な生活を乱してしまうことは、申し訳ないと思う。退職届は封書で送ったし、事情が判明すればすんなりと受理されるだろう。

両親は悲しむだろうが、それはどうでもいいと思ってしまう自分がいる。

父と母は、里子が虐待に遭っていることに薄々気づきながら、それを黙殺した。その結果がめぐりめぐって、今の現実に繋がっているだけだ。

責めるつもりはないが、詫びるつもりもない。

わたしはこれから警察に行き、自首をする。

自分が細尾歩を殺しました、と。

警察に行けば、すぐに逮捕されるものだと思っていた。

だが、取調室のような場所でくわしく話を聞かれ、調書にサインした後、わたしは一度家に帰された。

よく考えれば、わたしの話が真実かどうかわからないし、真犯人をかばうために誰かが嘘の自首をする可能性だってある。

帰り道、公衆電話を見つけると、わたしは里子から聞いた電話番号に電話をかけた。数回呼び出し音が響いた後、聞き覚えのある声が出た。

「はい」

わたしは気持ちを落ち着けるようにゆっくりと言った。

「自首した」

電話の向こうで、真帆が絶句するのがわかった。

「どうして……」

「心配しないで。真帆の名前は出さない」

「出してよ。出しなさいよ」

「出さないよ。里子を守れるのは真帆でしょう」

里子に会いに行ってわかったのだ。真帆は、里子と依子を守ろうとしたのだと。

自分が細尾を殺すわけにはいかない。真帆には動機がある。アリバイがなければ、真っ先に疑われることになる。逮捕されてしまえば、里子たちを守れない。

わたしなら、動機もない。十年以上会っていない友達に、殺人を依頼するなんて普通は考えられないだろうから、アリバイがなくても疑われることはない。よっぽどへまをしなければ、切り抜けられる。

最初は気づかなかった。

だが、わたしと里子との間にあった時間を真帆が知らなかったように、真帆と里子にもわたしの知らない時間はあったのだ。里子が入院している間、娘の依子の面倒を見ていたのは真帆で、依子は真帆に懐いていた。

DVを受けていたのは、真帆ではなく里子だったというだけだ。

思えば、わたしたちはずっと入れ替わりを続けていた。里子がわたしの罪を引き受けて、真帆がわたしの代わりに里子の祖父を殺し、そして、今度は真帆と里子が入れ替わる。

でも、これで終わりにしたい。

里子はもう間違えないと言った。わたしももう間違えない。

自分の犯した罪は自分で引き受ける。そうすれば、真帆も里子も自由になる。

自首すれば、刑は半減されると聞いた。死刑になることも、無期懲役ということもないだろう。

何年かの刑期の後、わたしも自由になる。そこからまたわたしもやり直すのだ。

真帆が泣いているのがわかった。

「どうして……？　絶対に守ってみせるつもりだったのに」

そう。真帆はいつも自信たっぷりで、自分がうまくやれると信じていた。事実、うまくやれたかもしれない。

だが、わたしはわたしの、不器用な方法で切り抜けてみせる。

「里子をよろしくね」

そろそろ十円玉がなくなる。切る前にそう言うと、真帆の涙声が聞こえた。

「ずるい」

うん、知っている。

わたしもずるいし、真帆もずるい。

わたしたちは汚れていて罪深く、ずるい大人だ。だが、つかの間、中学生に戻ることもできるのだ。

「真帆、また会おうね」

美しい思い出だけではなく、嫌なこともたくさんあったし、お互いずるい人間だけど、それでもわたしたちはあのとき、手をつないでいたのだ。


「なぜ、殺そうと思ったのですか？」

「駅でぶつかって、怒鳴りつけられました。顔と声ですぐわかりました。細尾歩だって。彼は中学生のとき、わたしの友達を殺しました。まるで、遊びのように放課後、彼女を殴ったり、蹴ったりして殺しました。わたしだって、中学校で何度も人間じゃないかのように扱われました。地獄みたいな日々でした。顔を見た瞬間に、あのときの気持ちがよみがえってきたんです。だから後をつけて、家を確かめました」

そう言いながら、わたしは心で理菜子に詫びていた。

ごめんね。あのとき、親身になってあなたのことを考えなかったくせに、二十年後になってこんなふうに利用してごめんね。

この罪はどうすれば償えるのだろうか。

「許せなかったんです」

そう言うと、自然に涙があふれてきた。嘘をついているのに、不思議だった。

「そのときは、家に誰もいないように見えましたから、後日、こっそり彼の家を訪ねました。鍵は開けっ放しで、彼は酒を飲んで寝ていました。包丁は持っていきましたけど、それは使わずに、家にあったものを使いました」

隙だらけの犯罪だ。だが、それでも、わたしが「真帆のために細尾を殺した」という証拠もなにもないのだ。

二十年近く会ってもいない友達のために、殺人をする。それを立証することは簡単ではない。「里子のために殺した」という可能性も同様だ。

ならば、わたしの話す動機を信じてくれる方に賭ける。

わたしは、細尾を殺した包丁のことも、家の間取りも、彼が着ていた服のことも、事細かに説明することができる。

物的証拠も見つかるかもしれない。

何度も何度も同じ話をした。いい加減くたびれ果てたとき、ドアが開いた。

入ってきたのは、夏目だった。わたしの前の椅子にどっかりと座った。

怒っているだろうと思っていたのに、彼は困ったような顔で笑った。

「まさか、きみだったとはね……」

「疑われているのかと思ってた」

「疑っているなら、個人的に親しくなったりしない。始末書ものだ」

それは嘘だ。疑惑はあったはずだ。だから、わたしに近づいてきた。そして、あと一歩を踏み込まなかった。

彼は、机に腕をおいて、わたしを見た。

「ぼくは、坂崎真帆がきみを脅したんだと思っている」

「わたし、彼女に脅されるようなことはなにもないんだけど」

そう言うと、彼は困ったような顔になった。彼だって、なにもつかんでいない。

「真帆とは、中学生のときは仲良くしていたけど、そのあとは全然会ってない。あのアパートを真帆が所有していることも、あなたから聞いた。びっくりした」

彼はわざとらしいためいきをついた。

「現場に残されていた毛髪がきみのものだということが確定した。駅の防犯カメラにもきみの姿が残っていた」

「うん……」

そうなるだろうと思っていた。わたしが話せばそれを証明するものは出てくる。

「でも、俺はきみが嘘をついていることを確信している」

それには答えない。

嘘はついている。そのいくつかを見つけることはできるだろう。

真帆がわたしに電話してきたこと、わたしの家にきたこと、その証拠を見つけられても、まだわたしが彼女のために人を殺し、彼女をかばう理由まではわからないはずだ。

「なぜ、日野里子に会いに行った」

「真帆の連絡先が知りたかったのと、里子の夫を殺してしまったから、どんな様子かだけ見ておきたかった。元気そうでほっとした」

「坂崎真帆に連絡をしたのか」

「電話をかけた」

「なにを話した」

「それは話したくない。事件とは直接関係ないことだから」

黙秘権は認められている。彼は納得していないような顔でわたしをじっと見ていた。

「きみに惹かれていた」

そう言われて驚いた。彼がそんなことを言うことはもうないと思っていた。

「ごめんね」

だが彼がわたしに惹かれたのはきっとわたしが彼の追う事件の犯人だからではないだろうか。

この人ならば、わたしたちの因果まで辿り着くことができるだろうか。そう、少しだけ思った。

だが、そこまで辿り着いたって、わたしが殺したという事実は覆せないのだ。


裁判には一年半かかった。

懲役五年。それがわたしの刑だった。思っていたよりも長くはない。自首したことで軽減されているだろうし、初犯だからという理由もあるだろう。

裁判では、真帆も里子も証言台に立った。

真帆は、弁護側の証人として、事件の直前にわたしに電話で「里子が夫のDVを受けている」ということを話したと語った。

真帆が自分のこととして嘘をついたという点は事実とは違うが、まったくの作り話というわけではない。わたしも、それを認めた。

少し、裁判官の心証もよくなったかもしれない。

里子は、事件当時のアパートの状況や、酒浸りだった細尾のことなどを話した。自分と、依子が受けた暴力についても語ったが、その語り口はひどく冷静で、わたしに対してどんな感情を抱いているのかもわからなかった。

里子はわたしが夫を殺したと知って、どう考えたのだろう。

もしかしたら、細尾の死までは望んでいなかったのかもしれない。わたしに怒りを感じているかもしれない。

だが、それでもかまわない。彼女に感謝されたくてしたわけではない。

思えば、中二のあの冬だってそうだった。わたしは別に、里子に身替わりになってほしかったわけではない。

それでもめぐりめぐってそうなってしまったからには、わたしたちはその現実からはじめるしかないのだ。

わたしが自首するのも、里子や真帆への思い入れのためではない。これはわたしの人生で、逃げ回るよりも、やり直すことを選んだというだけだ。

里子は、人は結局、誰のことも変えられないのだと言った。それも事実だが、もしわたしたちのうち、誰かひとりでも欠けていて、誰かひとりでも違うやり方を選んだのなら、わたしたちは、今、ここにはいないのではないだろうか。

わたしたちは、それぞれひとりだったけれど、一緒にいないときも関わり続けてきたし、これからもそれは続いていく。

本当のことを言うと、わたしが真帆や里子に抱いている気持ちが、友情なのか愛情なのか、まだわからないし、それほど美しいものではないような気もする。

少なくとも、他の人たちに感動してもらうようなきれいなものではない。

それでもわたしは思うのだ。

わたしは決して、孤独ではなかったのだと。

*

そこまで話すと、彼女は大きく息をついた。

喉を潤そうとするように、アイスティーのストローをくわえ、一気に飲む。氷がからからと鳴った。

もう、わたしは彼女が戸塚友梨ではなく、坂崎真帆だということを知っている。だが、それをどう切り出していいのかもわからず、彼女が話すのをただ聞いている。

「刑期を終えると、わたしは真帆が紹介してくれた部屋を借りて、ひとり暮らしをはじめました。お弁当工場の夜勤で生活していたんですが、そのうち身体を壊してしまって続けられなくなりました。それでお金が必要なんです」

彼女は、わたしの目をまっすぐ見て言った。

「あなたは小説家として成功して、夢もお金も手に入れているからわからないでしょうけど、四十代女性がひとりで、なんのキャリアもなく生きていくのは大変なんです」

そうだろう。

イメージほど華々しくもなく、売れているわけでもないが、少なくとも小説家でいられることは、幸運だと思っている。身体が丈夫なわけではないから、ハードワークに耐えられそうもないし、人付き合いはあまり得意ではない。人と適度な距離を保って、自分のペースで仕事ができる。

思うように書けなくて、のたうちまわることがあっても、いいことの方が多い。

だが、素直に同意はできない。戸塚友梨ならば、出所してから仕事を探すのに苦労するだろうが、坂崎真帆はそうではない。彼女には前科があるわけではないし、不動産も持っている。わたしをうらやましがるような環境ではないだろう。

あれからわたしは、図書館で古い新聞を調べた。

戸塚友梨という女が、細尾歩という中学の同級生だった男を殺した事件は、新聞の小さな三面記事になっていた。

少なくとも、今目の前にいる女性が話したことの一部は本当だ。

だが、目の前の坂崎真帆が戸塚友梨の名前をかたっているなら、本当の戸塚友梨はどうしているのだろう。

「あなたは、自分の人生を謳歌している。でも、レールを外れてしまったわたしたちに関心を持つ人は誰もいない」

それがわたしの責任ででもあるかのように、彼女は言った。

わたしは息を吐いた。そして、鞄の中から卒業アルバムを取りだした。

彼女の目が大きく見開かれた。

「ねえ、坂崎真帆さん。あなたがなぜ、戸塚友梨のふりをしているのかだけ教えて」

「どこでそのアルバムを……」

わたしは笑って、あるページを広げた。自分の顔を指してみせる。

真帆が息を詰めるのがわかった。

「これって……」

「そう、わたし。わたしもあなたたちと同じ中学だった」

嵐のような日々を過ごしていた。そのせいで、いまだに大人に対する深い不信感は消えない。自分だってもう嫌になるほど大人なのに。

「驚いた……」

先ほど、彼女は自分たちに関心を持つ人は誰もいないと言った。でも、わたしの存在も、彼女たちは気にもとめなかった。

もちろん、それはお互い様だ。わたしたちは、あのときすれ違っただけで、なにも共有してはいない。こうして再会するまで。

真帆は額に手を当てて笑った。

「友梨が、あなたの本を何冊も持っていた。あなたのファンだったんだと思ってたけど、もしかしたら、同じ学校の出身だったから？」

書店に勤めていた戸塚友梨ならば、わたしのことを知っていても不思議はない。同級生で、わたしが小説家になったことを知っている子も多い。

「そうかもしれない。でも、戸塚さんは？」

「三年前に死んだわ。膵臓癌だった」

わたしは、身体を強ばらせた。

「亡くなる前、あの子はわたしに本を何冊かと古いパソコンをくれた。その中にあなたの本があって、パソコンの中に、あの子が書いた自伝のような小説が入っていた。正直、そのままじゃどこかの新人賞に応募しても、通りそうにない出来だったし、わたしもリライトなんかできない。だから形にして欲しかった。お金のことは怪しまれないための言い訳。本当はお金なんかどうでもいい」

そういうことだったのか。

「でも、話したことは全部、彼女が書いたこと。テキストファイルを送ってもいい」

わたしは首を横に振った。それを受け取ることになんの意味もない。

「日野里子は？」

「元気にしている。依子ももう高校生になった」

「坂崎さんが援助したの？」

「少しね。住む部屋を紹介して、里子が体調崩したりしたときには、依子を預かったり、そんな程度だけど。依子が大学に入ったら、うちでアルバイトしてもらうことにしている」

それでも、子供を連れてひとりで生きる女性には、大きな助けになるだろう。

「友梨は、わたしと里子の間にも心のつながりがあったのかもしれないと言っていたけど、わたしはそこまで友情を感じているわけではないし、ただ困っているときに、こっちが負担を感じない程度に協力しているだけ」

ただ、それだけ。そう真帆は繰り返した。

それでも、彼女たちは繋がっている。続いているのだ。

「依子の存在も大きいよ。子供ってすごい。子供を助けられれば、自分に存在価値があるような気がするもん。たとえわたしの子供じゃなくてもね」

真帆は下を向いて、息を吐きながら笑った。

「どうやっても、もう友梨はこの世にいない。わたしたちは、今いる者だけでやっていかなきゃならない」

「そうだね」

もうなにも新しいものが手に入れられないとは思っていない。だが、この先無尽蔵に新しいなにかが手に入るわけではない。

友達も、自分自身も、喜びも、今、手の中にあるものを大事にしながら生きていくしかないのだ。

「友梨は特別だった？」

真帆は、少し腹を立てたようにそう尋ねたわたしを見た。

「誰も、あんなふうに無我夢中で、わたしを助けてくれようとはしなかった。人を傷つけてまでも、わたしを守ろうとしてくれた人はいなかった。あなたにはいた？」

わたしは首を横に振る。

「あのとき、はじめて、わたしはこの世界で生きていていいんだと思った。でも、後になってわかった。里子を守れなかったという悔いが、友梨にあんな行動を取らせたんだって。そのことが許せなかった」

真帆が友梨に絶交を言い渡したことは、前に聞いた。

「里子から友梨が里子の祖父を殺す計画を立てていると聞いたとき、もっと許せないと思った。わたし以外の人のためにそんなことはさせたくない。だって友梨以外の誰もわたしを救ってくれなかった。わたしには彼女しかいない」

ああ、この感覚は覚えがある。

真帆は友梨に、子供のような独占欲を抱いたまま、大人になったのだ。

小さい頃、いちばん仲のいい友達は宝物だった。どこか恋人めいた親密さと、独占欲。友達を失うことほど悲しいことは、他にはあまりなかった。

その感覚はいつまで続いただろう。中学生くらいまでは確実に存在していて、そのあとは冷静さで抑え込みながら、いつか忘れてしまっていた。

いや、忘れてはいないのかもしれない。ただ、それは大人の間では危険な感情だから心の奥底に封じ込めてしまっている。

同時になぜ真帆が友梨のふりをしたのかも少しわかった。

彼女は友梨の口から語られる物語を聞きたかったし形にしたかったのだ。だれかのことばで語られること。それこそがもう取り戻せない時間を取り戻す唯一の術《すべ》だ。

「もう長いこと会っていなかったのに、友梨がわたしの嘘を信じて、人を殺してまでわたしを助けようとしてくれたことはうれしかった。でも、同時に、取り返しのつかないことをしてしまったことに気づいた」

取り返しのつかないことは、いくつもある。

真帆の嘘に友梨が気づけば、友梨は真帆をもう許さないかもしれないし、気づかなくても、嘘を繕い続けるためには、もう友梨に会うことはできない。

「でも、守ろうとしたのは本当。友梨を犯罪者にするつもりはなかった」

まさか彼女が自首するとは思わなかったのだろう。

「刑期を終えたら、また会おうって約束したけど、彼女は出所して、半年も経たないうちに病に倒れてしまった。わたし、なにもわかっていなかった。この世界がいつまでも続くわけではないことに、やっと気づいた」

当たり前だ。だけどわたしは彼女を笑えない。

自分や大事な人が、明日死ぬかもなんて考えながら生きている人はいない。いつだって、いきなり終わりを突きつけられて、焦ることしかできないのだ。

「友梨がわたしを本当に許してくれたかどうかわからない。でも、少なくとも表面上は許してくれた。パソコンや本も、わたしに託してくれた。だから、わたし、里子とそれなりにやっていく。ときどき腹の立つこともあるけどね」

「ときどきしかないのなら、うまくいってるよ」

わたしがそう言うと、真帆は洟《はな》をすすり上げて、少し笑った。

家に帰って、わたしは机の前に座った。

パソコンを開いて、電源を入れる。

この物語をどうやって、わたしのものにしようか考える。たとえ、自分とはまったく違う登場人物の話でも、呑み込んで消化しなくては書くことはできない。

わたしは、自伝的な話など一度も書いたことはないし、書けるほどドラマティックな人生は送っていない。だが、あらゆる物語の中に、粉砕されたわたしの欠片《かけら》は混入している。

わたしはフィクションの書き手だから、ラストは好きなように書くと、真帆に言った。彼女はかまわないと答えた。

どうせ、登場人物の名前は偽名にする。彼女たちのことだとわかる人は少ないはずだ。古いパソコンだから、立ち上がるまでに時間がかかる。近いうちに買い換えなくてはならない。

ようやくホーム画面が表示されたパソコンで、テキストエディタを立ち上げた。

書き出しはもう決めてある。夕陽の当たる団地の風景からはじめるつもりだった。

最初の一行を書こうとして、わたしは少し考え込んだ。

三人の物語を書こうとすれば、深い迷宮に迷い込んでしまいそうな気がした。こういうとき、わたしはいつも、ラストシーンを先に書くことにする。

目指すところが見えていれば、道を間違えずに済むし、もし書いているうちに、そのラストシーンがしっくりこないと思えば、破棄して書き直せばいい。そして多くの場合、書き直すことになる。

だが、とりあえず書いてみるラストシーンは、遠くにほの見える光で、道しるべだ。それを頼りに、原稿用紙で四百枚近い旅をするのだ。

目を閉じて考える。できることならば、明るい終わり方にしたい。

それが友梨の望みだろうから。

星空が頭に浮かんだ。三人が、小さな車で旅をしている。

顔には皺《しわ》が浮かび、髪には白髪が交じっている。三人は笑っている。

行く先は草原だろうか、海の側の小さな家か、それとも海に沿って、どこまでも走って行くのか。

幸せか、価値があるかということを、誰かの基準にゆだねたりはしない。行けるところまで三人は走って行く。立ちはだかるものを破壊し、なにものにも従わない。

少しは悔やんだり、反省したりはするかもしれないが、すぐに忘れてしまえばいい。

傷つこうが、しくじろうが、失おうが、年を取ろうが、未来はいつだってわたしたちの手の中にあるのだ。

解説

内澤旬子

一九八〇年代半ば。全国の公立中学校は校内暴力の嵐が吹き荒れた。教師が振るう生徒への体罰、生徒から教師への暴力、生徒間の苛烈ないじめ、それらを犯罪として扱おうという声もなく、暴力のほとんどは黙認されていたようなものだった。

当時のことをヤンキーツッパリ文化として賛美し面白おかしく語る娯楽作品は量産されてきたが、どれも都合良く過去を美化し懐かしんでいるように思え、好きになれなかった。

『インフルエンス』は、六〇年代後半に生まれ、八〇年代半ばに中学生になった三人の少女たちのサスペンスストーリーだ。ひとりがひとりを守るために殺人を犯し、ひとりがそれを庇うことをきっかけに、誰にも言えない秘密を重ねていくことになる。そして大人に成長してからもまた……。

荒唐無稽な不連続殺人事件であるにもかかわらず、違和感なくどんどん読み進めていけるのは、ストーリー構成の緻密さと、退屈させない仕掛けとリーダビリティに加え、彼女たちが起こす事件の動機に深くかかわる団地や中学校などの背景描写が真に迫っているからだろう。

三人の少女は団地で暮らしている。似たような生活レベルの家族たちが入居し、互いを引き比べて競い争うこともなく、のんびりとぬるま湯につかるように生きていける世界。二人はそこで生まれ、ひとりは離婚した母親とともに東京から引っ越してくる。たったそれだけでも異質に映るほど均質化した共同体の中で、ひとりの少女がひそかに暴力を受ける。気配を感じた大人たちは事件として表沙汰にするよりも、見殺しにして平和を維持することを選んでしまう。それがその後何重にも彼女を苦しめ、訳も分からず見過ごす側に回った少女にまで波及し、その後に起きる悲劇の発端となっていく。

少女たちが進学する地元の公立中学校では、狂気じみた暴力が横行する。教師たちが生徒の狂気に翻弄されているさなかに、男子生徒がふざけてダウン症の女子生徒を嬲《なぶ》り殺してしまう。その後は体罰を是《ぜ》とする教師たちがすべてを制圧する。暴力にはさらに強大な暴力でしか勝てないとでも言わんばかりに。

創作だからと思う読者もいらっしゃるかもしれない。しかしこれが当時の荒れていた公立中学の「普通の情景」だったのだ。私は団地で育ち、市内でも最悪とささやかれていた中学校で三年を過ごしたので、『インフルエンス』を読むと、当時の記憶が感覚的に蘇ってきて息苦しくなる。これまで鑑賞してきた当時を描いたどんな作品よりも、私が通った教室の雰囲気が再現されているからだ。控えめな筆致で、具体的な風俗などの記述もほとんどないのに、起きていたことの異常さがよく伝わって来て、自分の中学でも殺人事件が起きても全然おかしくなかったような気すらしてくる。小説の舞台に選んでくださったことに、深い感謝を捧げたい。

さすがに殺人事件はなかったが、加減を間違えば、死に至ったかもしれない暴力的ないじめを、沢山見せつけられてきた。授業がヤジと暴力で崩壊し続け、竹刀を持ったジャージ姿の威圧的な教師たちが勢力を増していったのも同じ。悲惨な事故死もあった。目をそらしてやりすごすしかなかった。生きのびるために。

だれも助けてあげられないということは、だれも自分のことを助けてくれないと同じこと。作品の中で三人の少女たちがかわるがわる口にする絶望は、長い間記憶の底に沈めて来たけれど、まさに私自身が味わって来たものだ。

あれから校内暴力は消失したけれど、いじめはより陰湿化して蔓延し、子どもの自殺も定期的に起きている。思春期に窮地に立たされた友人を助けられず、知らんふりをしなければならなかったという経験を持つ人は、今も多いはずだ。

だれも助けてくれないという気持ちは、年月を経て、誰かに助けてほしかったし、躓《つまず》いた友達を助けたかったという気持ちに変わっていく。大人になった私たちは、助けを求めてしかるべき場にむけて声をあげることができるようになり、手助けできるようにもなる。現実に助けられること、変えられることは思ったよりもずっと僅《わず》かで、女性が傷つけられずに生きることの困難さにも気づかされていくのだけれど。

だからこそ、この作品の「次こそは何をおいてもどんなことをしてもあなたを助ける」という誓いと行動に、涙が止まらなくなる。私だけでなく多くの人の心に突き刺さると確信している。

作者の近藤史恵氏がこの小説の主人公たちと（私とも）同世代であることは知っていたけれど、実際に作中のような公立中学に通っていたのかどうかは、そう重要なことではない。彼女は以前にもロードレースをリアルに観戦したこともロードバイクに乗ったこともないのに、自転車競技を舞台にした名作『サクリファイス』や『エデン』などをものしていらっしゃる。力のある作家というものは、そういうものなのである。

インフルエンスというタイトルについて考える。「影響」と縮めてしまうとピンとこないのだが、「影が響く」と開くとしっくりハマる。三人の女たちがそれぞれの影を踏み合う絵が浮かぶ。友情と呼ぶには仄暗いけれど、離れていても、なにがあっても、ひとりではない。本を開けば、彼女たちがあなたの中に潜み蹲《うずくま》る少女にまっすぐ降りてきて、手を差し伸べてくれるはず。

（文筆家）

文春文庫

インフルエンス

定価はカバーに表示してあります

2021年1月10日　第1刷

著　者　近《こん》藤《どう》史《ふみ》恵《え》

発行者　花田朋子

発行所　株式会社 文藝春秋

東京都千代田区紀尾井町 3-23　〒102-8008
TEL 03・3265・1211㈹
文藝春秋ホームページ　http://www.bunshun.co.jp

落丁、乱丁本は、お手数ですが小社製作部宛お送り下さい。送料小社負担でお取替致します。

印刷・萩原印刷　製本・加藤製本

Printed in Japan
ISBN978-4-16-791622-0